rowohlt repertoire
macht Bücher wieder zugänglich,
die bislang vergriffen waren.

Freuen Sie sich auf besondere Entdeckungen
und das Wiedersehen mit Lieblingsbüchern.

Alle **rowohlt repertoire** Titel finden Sie auf
www.rowohlt.de/repertoire

Rechtschreibung und Redaktionsstand dieses Buches
entsprechen einer früher lieferbaren Ausgabe.

Veröffentlicht im Rowohlt Verlag, Reinbek bei Hamburg

Umschlaggestaltung Anzinger und Rasp, München
Druck und Bindung CPI buchbücher.de, Birkbach

ISBN 978-3-688-10081-1

rowohlt repertoire

Aischylos

Die Orestie

Agamemnon
Die Choephoren
Die Eumeniden

Eine freie Übertragung von Walter Jens

verlegt bei Kindler

2. Auflage 1993

Redaktion: Annalisa Viviani
Korrekturen: Dieter Lang
Satzherstellung: Otto Gutfreund, Darmstadt
Druck und Bindung: Wiener Verlag, Himberg
Printed in Austria

ISBN 3-463-00742-8

Für Klaus Betzen

Inhalt

Agamemnon

Personen

Agamemnon
Klytaimestra
Aigisth
Kassandra
Wächter
Bote
Chor
Chorführer

WÄCHTER *(auf dem Dach des Palastes)*:

Befreit mich von den Qualen, Götter!
Ein langes Jahr schon lieg ich kauernd
Vor dem Tore des Atriden-Hauses, liege wie ein Hund –
Die nächtliche Versammlung der Gestirne kenn ich bis zum Überdruß:
Winter und Sommer bringen sie, die weißen Könige,
Am Himmel strahlend, uns, den Sterblichen. –
So warte ich auch heute auf den Glanz des Zeichens,
Den Feuerschimmer, der von Trojas Untergang erzählt.
So hofft es meine Herrin, Klytaimestra. So befiehlt sie es.
Ich aber finde in den Nächten keine Ruh.
Der Tau macht mir das Lager feucht. Ich kenne keine Träume mehr.
Die Angst steht statt des Schlummers neben mir,
Weil ich mich fürchte, daß der Schlaf die Wimpern schließt.
Und singe ich ein Liedchen oder pfeife vor mich hin,
Um meine Müdigkeit zu überlisten,
Dann klag ich über dieses Hauses Mißgeschick,
Mit dem es nicht – wie einst – zum Besten steht.
Jetzt aber mag ein Ende meiner Mühen nahn,
Wenn mitten in der Nacht der Feuerglanz die Nachricht bringt,
Daß Troja fiel. *(Das Feuer flammt auf.)*
O sei gegrüßt mir, Fackelschein der Nacht,
Du zeigst das Licht des Tags
Und läßt die Chöre hier in Argos jauchzen
Über solch ein Glück.
Zeus! Zeus!
Ich muß Klytaimestra Meldung machen,
Agamemnons Frau, damit sie sich erhebt
Und dann – so schnell es geht – im Haus

Den Siegesglanz mit lautem Jubelruf begrüßt,
Denn Troja ist gefallen, wie das Flammenzeichen zeigt.
Jetzt kann ich jubeln: Sieg! Ein Freudensprung!
Dreimal die Sechs! Mein Wachdienst zahlt sich aus!
Und wenn der Herr nach Hause kommt,
Dann will ich seine liebe Hand
Mit meinen Fingern hier berühren.
Vom andern schweig ich, denn ein Kloß von Gold
Verstopft mir meinen Mund;
Doch wenn das Haus zu sprechen wüßte –
Vieles, sehr Genaues käme da hervor,
Das ich mit jenen gern bespräche,
Denen das Geheimnis nicht verborgen ist.
Doch wer es nicht kennt – für den bin ich stumm.

CHOR *(einziehend)*:
Dies ist nun das zehnte Jahr, das verging,
Seit Priamos' mächtiger Feind,
Menelaos, der Fürst,
Und Agamemnon, sein Bruder,
Von Zeus her Herrscher zweier Throne,
Von Zeus her Herrscher zweier Szepter, –
Dies ist das zehnte Jahr, das verging,
Seitdem das Atreus-Gespann
Aufbrach aus unserem Land,
Aufbrach, um Rache zu nehmen, mit tausend Schiffen aus Argos.
Krieg! schrien sie: Krieg!
Schrill war ihr Zorn.
Wie das Geierpaar brüllten sie auf,
Das in schwirrendem Schmerz um die Jungen
Den Hort umkreist,
Von den Rudern der Flügel gewiegt,
Hoch in der Luft.
Vergeblich nesthütende Mühe:
Die Jungen geraubt!

Ein Gott aber:
Apollon,
Pan oder Zeus –
Einer der Himmlischen

Hört den gellenden Schrei
Seiner Kinder,
Steht den Schützlingen bei:
Nicht hilflos sind die!
Und schickt Erinys,
Die Frevler bestrafend.

So sendet Zeus,
Der gewaltige Gott,
Der Hüter des Gastrechts,
Die Söhne des Atreus
Und hetzt sie auf Paris:
Jagt ihn! Packt zu!
Kampf wird sein,
Streit um die Männer betörende,
Männer verachtende Frau.
Krieg wird sein:
Das Knie im Staub!
Mann gegen Mann!
Die Glieder schlaff,
Der Speer zerspellt!

Troer und Griechen:
Gleiches mißt Zeus ihnen zu.
Er allein weiß,
Mag geschehen was will,
Wie es ausgeht.
Zündet Feuer an, Troer,
Opfert und weint:
Umsonst die Spende,
Das Feuer bleibt kalt,
Und die Flamme erstickt.
Nichts, Troer,
Nichts löscht,
Wenn Zeus zürnt,
Seinen Grimm.

Wir aber, wir blieben hier,
Wir nahmen nicht teil.
Das Alter schloß uns aus.

Wir sind wie die Kinder.
Das Mark im Körper des Kindes ist
Gleich dem Mark eines alternden Manns:
In keinem von beiden wohnt Kraft,
Es trocknen die Säfte des Baums,
Der einmal zu grünen begann.
Dreifüßig sucht der Greis seinen Weg:
Nicht stärker als ein schwächliches Kind,
Wie ein Traumbild bei Tage
Schleicht er dahin.

Dienerinnen, zum Opfer bereit, kommen aus dem Palast. Dann Klytaimestra.

CHOR: Klytaimestra, Tyndareus' Tochter, Königin, was ist geschehn?
Was hast du erfahren, warum willst du das Opfer bereiten?
Seht!
Die Altäre der Götter –
Der Götter im Licht
Und im Dunkel der Nacht,
Der Götter im Himmel
Und der Götter, die unter uns sind:
Schaut da! Und drüben! Und hier!
Die Flammen, genährt vom heiligen Öl,
Wie sie leuchten!
Betört und umschmeichelt,
Verzaubert vom nährenden Trank:
Brennt heller! Strahlt im Palast!

Sprich, Klytaimestra,
Und verbirg nicht,
Wenn du darfst,
Was uns nützt.
Heile die Sorge,
Die uns bedrängt,
Heile die Angst
Und nähre die Hoffnung:
Aufleuchtend im Feuer,
Ein Spiegel der Brände,
Vertreibt sie die Qual,

Die unersättliche,
Sinnverzehrende,
Die mir das Herz zernagt.

Reden will ich und das Zeichen benennen,
Das Glücksmal unserer Herren,
Das – Stern des Aufbruchs! – erstrahlte,
Als sie Argos verließen.
Noch kann ich tanzen,
Noch schenkt,
Klang und Hauch
Und Tanz und begeisterte Rede,
Gott mir die Kraft des Gesangs –
So alt ich auch bin.

Singen will ich
Und mich erinnern,
Wie die Fürsten Achaias,
Agamemnon und Menelaos,
Einträchtig den Heeren geboten,
Der jungen Mannschaft Griechenlands:
Wie sie, den Speer in den Händen,
Den rächenden Blitz,
Nach Troja aufbrachen –
Von den Vögeln geleitet,
Den Raubvögeln ihnen voran:
Der eine schwarz,
Der andere weißgefiedert,
Hell wie der Schnee.

Luftkönige waren's,
Die den Flottenkönigen,
Nah bei der Burg,
Von rechtsher erschienen:
Auf weithin sichtbarem Horst.
Singen will ich,
Wie sie hoch auf dem Felsen
Die Häsin verschlangen
Und ihr, die trächtig war,
Das Ungeborene nahmen
Kurz vor dem Ziel.

Wehe! Ruft wehe!
Aber ruft auch:
Das Gute soll siegen!

Singen will ich, wie Kalchas, der Seher,
Klug ist er und geschickt,
Singen will ich, wie der Priester
Die beiden Atriden anblickte,
Agamemnon und Menelaos,
Und in den ungleichen Führern des Zuges
Die Hasenzerfleischer,
Den schwarzen und weißen Adler,
Wiedererkannte.
»Eines Tages«,
Das war sein Spruch,
»Wird dieses Heer
Priamos' Feste erobern.
Packen wird es die Troer
Und, so will es das Schicksal,
Die Schlösser und Häuser
Der Schätze berauben:
Den Adlern vergleichbar, die eine trächtige Häsin ausschlachten.
Tot wird Troja sein,
Es sei denn – möge das niemals geschehen! –,
Ein neidischer Gott
Zerbräche den Ring um die Stadt,
Die eiserne Spange,
Bevor sie sich schließt.
Dann wehe dir, Kriegsvolk!
Artemis zürnt den Flügelhunden des Vaters,
Den Adlern,
Weil sie die trächtige Häsin,
Bevor sie gebären konnte,
Zerrissen.
Verhaßt ist Artemis das Mahl:
Häsin und Frucht,
Von den Vögeln zerrissen!
Wehe! Ruft Wehe!
Aber ruft auch:
Das Gute soll siegen!«

»Artemis! Göttin!
Freundlich bist du«,
Hat Kalchas gesagt,
»Und, ich weiß es allzugut«
(Hat er gesagt)
»Den Berglöwen hold,
Der hilflosen Brut
Und dem säugenden Wild auf der Weide,
Das nach den Mutterzitzen sucht.«
»Herrin, ich flehe dich an«
(Hat er gesagt)
»Bewahre, was gut war am Zeichen:
Schau auf die Adler!
Verdecke, was schlecht war:
Blick nicht auf die Häsin!
Und du, Apollon, heilender Gott,
Hilf, daß sie die Winde nicht hemmt,
Artemis,
Die Lüfte wehen läßt
Und die Schiffe nicht lähmt.
Hilf, daß sie kein anderes Opfer verlangt,
Ein Schlächtermahl,
Das nicht zu essen ist:
Das Mädchen
Statt der Häsin hingemacht!
Ein Menschenmahl,
Das Haß gebären
Und den Opferknecht nicht schlafen lassen wird.
Es wartet auf ihn,
Drinnen im Haus,
Gleich einer tückischen Beschließerin,
Die Rachsucht:
Im Dunkel kauernd
Bricht sie, des Mädchens gedenkend, hervor
Und wird das Opferkind rächen.«
So hat Kalchas gesprochen: Gutes verkündend
Dem Königspalast
Und Schlimmes zugleich:
Die Vögel wiesen den Weg.

Wehe! Ruft *Wehe* wie er!
Aber ruft auch,
Wie Kalchas,
Das Gute soll siegen!

Zeus! Zeus, wer du auch seist,
Wenn es dir lieb ist, so genannt zu sein,
Will ich dich gerne so rufen.
Nichts ist dir vergleichbar, Zeus,
Erwäge ich alles – außer dir selbst.
So nenn ich dich: Zeus,
Um die Last des vergeblichen Denkens
Von mir zu werfen.
Denn Zeus verständig zu preisen,
Bedeutet vernünftig zu sein,
Um Frieden zu finden.
Er führt die Menschen zum Denken,
Belehrt sie durch Leiden,
Gibt ein Gesetz.
Wenn auch die Sorge, Unglück erweckend, den Schlaf vom Herzen vertreibt:
Am Ende naht sich das Wissen auch dem,
Der sich sträubt.
Göttliche Gnade steuert gewaltig und ernst
Mit den Schlägen des Ruders
Das Schicksal der Menschen.

Erinnert euch: Vor Aulis war es!
Artemis, erzürnt,
Weil Agamemnon, der Fürst,
Ihre heilige Hirschkuh getötet,
Hemmte den Sturm.

Langsam und böse
Wehten die Winde vom Strymon,
Brachten den Hunger,
Peitschten die Wellen,
Schufen Verwirrung,
Zerrissen die Planken und Seile,

Und eine Dürre
Biß sich ins Heer der Argiver.
Da nannte Kalchas, der Seher, ein Mittel,
Das schlimmer war als der Sturm,
So bitterlich,
Daß die beiden Atriden
Den Stab in den Sand hineinstießen
Und weinten.

Und Agamemnon, der ältere Bruder, begann zu reden und sagte:
Wehe mir, wenn ich dem Seher nicht folge.
Und wiederum wehe, wenn ich mein Kind,
Des Hauses Kleinod,
Iphigenie,
Mit den eigenen Händen erwürge,
Nah am Altar.
Nichts ist frei von Verhängnis,
Und unentrinnbar Artemis' Zorn.
Soll ich die Schiffe verlassen,
Ein Fahnenflüchtiger sein?
Nein! Lieber das Opfer und lieber der Zorn,
Und mehr als der Zorn
Und die Gier nach dem Blut,
Dem Mädchenblut,
Das, segenbringend, die Gerechtigkeit verlangt.
Ins Joch der Not gespannt,
Brütend, dem Wechselwind vergleichbar,
Hierhin schweifend, dorthin eilend,
Gedanken wendend und
Gottverlassen,
Beschloß er, um alles zu wagen, die Tat
Und duldete es,
Der Tochter-Töter,
Dem Weiberkrieg
Das Opfer zu bringen.

Ein Nichts die Bitten
Und die Rufe,
Die dem Vater galten,
Nichts die Jugend,

Vergeblich die Schreie:
Die Feldherrn wollten ihren Tod,
Der Vater aber sagte sein Gebet
Und hieß den Opferknecht,
Sie, einer Ziege gleich, mit schleppendem Gewand
Hoch in die Luft auf den Altar zu schleudern,
Gefesselt, einen Knebel tief im Mund,
Damit sie nicht dem Hause fluchen konnte.
Das Krokuskleid glitt ab,
Die Seile schnürten ihre Haut.
Sie aber schaute,
Wie ein stummes Bildnis,
Ihre Henker an;
Mit einem Pfeilgeschoß des
Blicks versuchte sie zu sprechen
Und die Herzen all der Männer zu bewegen,
Die sie so oft in ihres Vaters Haus begrüßt,
Wenn sie, zu Agamemnons Preis,
Beim Opfermahl, das Festlied sang.

Was dann geschah,
Ich sah es nicht, ich weiß es nicht, ich sag es nicht.
Doch Kalchas' Seherspruch war nicht umsonst gesagt,
Das Recht
Lehrt im Leiden zu lernen,
Allzufrüh noch erfahrt ihr die Zukunft.
Im Glanz des Morgens, gleichen Schrittes mit ihm,
Steigt sie herauf: was immer begann, glücklich ende es nun.
So wünscht es Klytaimestra,
Die das Haus bewacht
Und dieses Land:
Sie ganz allein.

CHOR: O Herrin, deiner Macht nah ich in Ehrerbietung,
Denn das Recht verlangt, daß man die Frau des Herrschers,
Wenn der Thron verwaist ist, wie den König selbst verehrt. –
Du gehst zum Opfer. Hast du Hoffnung? Oder weißt du Sicheres?
Kam eine Botschaft an? Gib mir Bescheid.

KLYTAIMESTRA: Mit einer guten Kunde, heißt's im Sprichwort,
Soll das Morgenrot erscheinen, wenn die Nacht vorüberging.

So hört die Freudenbotschaft, über alle Hoffnungen groß:
Troja ist besiegt.

CHOR: Was sagst Du? Ich versteh dich nicht!

KLYTAIMESTRA: Daß Troja unser ist. Sprech ich nicht klar?

CHORFÜHRER *(unter Tränen)*: Es ist die Freude, Herrin, die mich weinen läßt.

KLYTAIMESTRA: Dein Auge zeigt: Du bist ein braver Mann. Du meinst es gut.

CHOR: Doch hast du auch Beweise? Gibt es Zeichen?

KLYTAIMESTRA: Es gibt eins. Ja. Wenn mich der Gott nicht trog.

CHOR: Vielleicht nahmst du ein Trugbild wahr?

KLYTAIMESTRA: Schlaftrunknen Sinnen würd ich niemals Glauben schenken.

CHOR: Dann hat dich ein Gerücht betört?

KLYTAIMESTRA: Du tadelst mich, als wäre ich ein kleines Kind.

CHOR: Wann aber fiel die Stadt?

KLYTAIMESTRA: In dieser Nacht. In dieser Nacht, die diesen Tag gebar.

CHOR: Doch welcher Bote hat dir, in so kurzer Zeit, die Nachricht überbracht?

KLYTAIMESTRA: Hephaistos, der den hellen Schein vom Ida warf,
Und die Stafettenpost, von Feuerbrand zu Feuerbrand, entzündete.
Vom Ida ging's zum Hermes-Stein auf Lemnos;
Dann nahm den Fackelglanz der Insel das Gebirge an,
Zeus' Heiligtum, der Athos, sprühte auf, so daß die Flammenwanderin
Das Meer durchschwamm: ein Sonnenglanz der Freude,
Der das Licht zur Klippe des Makistos trug.
Auch die besann sich nicht und warf, vom Schlummer unberührt,
Den Botenteil hinaus, damit der Brand in jähem Lauf
Die Wasser des Euripos überflöge und die Wächter auf Messapios erreichte.
Ein Bündel dürren Heidenkrautes flammt' empor; das Feuer, neugestärkt,
Durchschoß, dem hellen Mondstrahl gleich, die Ebene Asops,
Gelangte zum Kithairon und erweckte einen neuen Brand,
Noch höher lodernd als zuvor, weit über den Gorgopis-See hinweg

Bis hin zum Aigos-Planktos-Fels. Dort schürten sie den Feuerball
Mit unverzagtem Herzen, und sie jagten ihn als einen roten Schweif
Über das Spiegelmeer hinweg zum Spinnenberg. Von da kam er
In dieses Haus: Das Kind des Ida war am Ziel.
Dies war der Flammenweg, von Anbeginn bis hier,
Das Feuerzeichen, das mein Mann
Von Troja bis nach Argos sandte.

CHOR: Noch einmal, Herrin, hebe ich die Hände
Auf zum Himmel, voll von Dankbarkeit.
Noch einmal, staunend, möchte ich dich hörn.
Sprich weiter, Herrin, brich nicht ab.

KLYTAIMESTRA: Die Griechen halten Troja fest in ihrer Hand, an diesem Tag,
Ich bin ganz sicher, daß ein wirrer Schrei die Stadt durcheilt.
Wie Öl und Essig sich im gleichen Kruge nicht vermischen,
So bleiben auch die Stimmen der Besiegten und der Sieger
Stets einander fremd. Die einen kauern bei den Leichen
Der Gefallenen, beweinen ihren Vater, ihren Bruder, ihren Sohn
Und klagen ihr Geschick mit Sklavenmündern an.
Die andern aber irren durch die Nacht,
Und plündern beutesuchend Trojas Häuser.
Seit heute wohnen Griechen in den troischen Palästen.
Der Krieg ist aus. Sie sind befreit von Nässe, Sturm
Und feuchtem Tau. Sie müssen jetzt nicht mehr im Freien lagern.
Nein, wachenlos und glücklich schlafen sie die ganze Nacht.
Wenn sie die Götter der Besiegten und die Tempel
Dort im Land, das sie eroberten, in Ehren halten, dann…
Dann könnt es sein, daß aus den Siegern nicht Besiegte werden.
Leicht wird ein Heer aus Beutelust verführt,
Auch das Verwehrte anzutasten.
O bliebe fern den Unsern solche Gier!
Noch sind sie nicht zurück,
Der zweiten Fahrt durchs Meer bedarf es noch,
Eh man von Rettung sprechen kann.
Wenn ohne Frevelschuld das Heer nach Hause kommt,
Wenn es nicht abermals ein böses Schicksal trifft –
Erst dann ist alles gut.
So denke ich. Ich, eine Frau.

Viel Gutes bahnt sich an, das ich genießen möchte.
Was schön und recht ist, das soll siegen: ohne einen bittern Rest.

CHOR: O Herrin, weise wie ein Mann hast du gesprochen.
Ich aber rüste mich, die Götter anzurufen.
Was macht die Mühe aus, wenn sie uns gnädig sind.

Klytaimestra ab

CHOR: Zeus, König im Himmel, und du, freundliche Nacht,
Schmuckreiche, die über Trojas Türmen
Das dunkle Netz zusammenzog,
Daß keiner, kein großer, kein kleiner,
Der Knechtschaft entkam
Und dem allesvernichtenden Schicksal.
Zeus, Schirmherr des Gastrechts,
Du hast es getan,
Du hast auf Paris den Bogen gerichtet.
Nicht über die Sterne hinweg,
Nicht zur Unzeit
Traf dein Geschoß.

Betrachtet die Spur!
Wie Zeus getroffen hat
Und wen er schlug:
Zu Tag liegt es jetzt.
Was Aisa, das Schicksal, beschloß,
Hat er getan.

Nichts sagt:
Unweise ist,
Wer da meint,
Die Götter schauten nicht hin,
Wenn einer,
Glanzgeblendet,
Heiliges mit Füßen tritt.
Das Los der Kinder
Zeigt die Gier der Väter an:
Krieg! schnaubten sie,
Blähten die Nüstern,
Füllten die Häuser
Wider Recht mit Schätzen an,
Kannten kein Maß:

Immer höher,
Und über das Beste hinaus!
Klug ist,
Wer sich bescheidet.
Genug mag's ihm sein,
Wenn die Not ihn verschont:
Fern von Leiden zu sein,
Das ist das Beste.
Nicht hilft Reichtum
Dem Mann,
Der den Altar der Gerechtigkeit
Zertritt:
Übersättigt von Gold, wie er ist!

O Schoßkind des Unheils,
Verführung, Schmeichelwort,
Vor dem es keine Rettung gibt:
O Zaubertrug schmeichelnder Rede!
Verborgen nicht bleibt die Schuld.
Nein! In Finsternis strahlend,
Nachterhellend
Tritt sie zu Tag.
Der schlechten Münze gleich,
Die, abgerieben, glatt von Stoß und Griff,
Bald den falschen Silberglanz verliert
Und, schwarz und stumpf,
Die wahre Herkunft zeigt,
Hält auch der Frevler keiner Probe stand:
Ein Knabe ist er,
Der den Vogel fangen will,
Den schnell beschwingten,
Und die Stadt dabei in Schmach und Elend stürzt.
Kein Gott hört seinen Schrei,
Wenn einer,
Mit gutem Gedächtnis,
Sich umwendet
Und den Täter vernichtet.
Jämmerlich stürzt der:
Wie Paris,

Der Atreus' Palast
Und die gastliche Tafel geschändet,
Helenas Räuber!

Helena! Weh dir!
Zurückgelassen hast du uns,
Den Bürgern dieser Stadt,
Den Ruf der Wagen,
Schildgedröhn
Und den Schrei der Matrosen
Am Hafen,
Die sich einschiffen mußten,
Und das Weinen der Frauen.
Als Hochzeitsgeschenk
Hast du den Troern
Ihren Tod gebracht:
Die blutige Mitgift!
Wagend, was nicht gewagt werden darf,
Bist du mit schwebendem Fuß
In die Stadt eingeschlüpft:
Hurtig und leicht
Wie eine Tänzerin.
Die Türen öffnen sich.

»O Haus! O Ihr Fürsten!«,
Riefen die Seher
Und seufzten,
Die Vertrauten des Palasts,
»O Spur der Hure!
Brautbett! Pfad der Buhlerin!«
Der Verlassene aber,
Beschimpft und entehrt,
Still sitzt er da:
Glaubt es nicht,
Redet nicht,
Zürnt nicht –
Ein Stummer,
Der im Traum,
Über das Meer hinweg,
Mit Helena spricht:

Ihr Schatten,
Träumt er,
Waltet noch im Haus.
Verhaßt ist ihm
Die Anmut
Gemeißelter Bilder.
Die Schönheit,
Das Bunte,
Der Liebreiz der Statuen
Ekelt ihn an.
Seine Augen sind leer,
Der Blick ist verstört,
Aphrodite hat ihn verlassen.

Traumgesichter,
Die Kinder des Schmerzes,
Quälen, Trugfreuden bringend,
Sein Herz.
Verweht, bevor er es berühren kann:
Das Traumbild,
Das ihm durch die Hände huscht –
Entschwunden
Auf dem Flügel des Schlafes,
Kehrte nie zurück.

Der Wahn hockt im Palast,
Die Angst besetzt den Herd
Und will nicht gehn.
Und doch, so groß es ist,
Das Leid im Königshaus:
Es gibt ein größeres:
Den Krieg!
Die Männer sind im Feld,
Und keine Kammer ist in diesem Land,
In der,
Bei Tag,
Bei Nacht,
Die Furcht nicht wachsam bleibt:
Wen er hingeben mußte,
Dich und dich und dich auch,

Das weiß jeder.
Was aber heimkehrt ins Haus,
Das kennt er nicht.
Waffen und Asche kommen zurück –
Urnen und keine Männer.

Ares, der am Wechseltisch der Schlacht
Die Leichen wiegt:
Aus Troja schickt er den Frauen,
Statt ihrer Männer,
Nichts als den geschabten Staub,
Den Aschenkrug
Und die Tränen:
Eine kleine Last fürwahr.
»Er war klug«, rufen sie jammernd,
»Und tapfer im Kampf«,
»Er ist ruhmreich gefallen.«
Dann leiser: »Für die fremde Frau.«
Das Raunen schreit –
Wie Murren bellen kann!
Unter dem Schmerz sitzt Haß
Und kriecht hervor,
Haß gegen die Fürsten!
»Ihr kehrt zurück«,
Heißt es dann,
»Doch die wir hingeben mußten,
Sind Asche geworden
Oder liegen vor Troja
In feindlicher Erde
Unverbrannt zwar,
Aber keine Männer mehr!«

Das Zorneswort des Volkes:
Wer, der schuldbeladen
Seinem Fluch verfällt,
Fürchtet es nicht,
Das Volk,
Wenn es Buße verlangt?
O dieser Haß!
Dieses heimliche Murren!

O diese Tage,
Die mich hören lassen,
Was die Nacht verbirgt.
Dann kommt die Angst
Und brüllt, wenn's dämmert, auf:
Wer viele tötete,
Wird auch gesehen.
Aufmerksam
Schauen die Götter ihn an.
Wer, wider Recht,
Vom Glück begünstigt war,
Den stürzen die Erynien
– Aus groß wird klein,
Aus Reichtum Bitterkeit –
Ins Elend, wo es keine Rettung gibt.
Der allzu stolze Ruhm
Ist voll Gefahr.
Leicht schleudert Zeus,
Das Übermaß hassend,
Herab den Blitz seiner Rache.
Ich aber wähle lieber
Das kleine neidlose Glück –
Nicht als ein Städtezerstörer
Möchte ich leben,
Nicht als ein Sklave,
Beute der Sieger,
Die Tage verbringen.
Im Maß nur ist Segen.

Jetzt läuft die Feuerbotschaft durch die Stadt:
Schnell: wie es einer guten Nachricht ziemt.
Doch ob sie wahr
Oder nur göttlicher Trug ist,
Weiß niemand.
Wer ist so kindisch,
Ohne rechten Sinn,
Daß er sich an den Feuerzeichen
Wärmen möchte,
An einer Nachricht,

Die, sobald die neue Botschaft kommt,
Er unverzüglich wieder löschen muß?
Wenn Frauen herrschen,
Wird das Glück gefeiert,
Ehe es beschlossen ist.
Leichtgläubig sind sie,
Die Weiber,
Und schnell bei der Hand,
Wo es gilt,
An Wunder zu glauben.
Ein Feuer am Himmel –
Und schon werden Opfer bereitet –
Anberaumt und wieder abgeräumt!
Rasch geträumt
Und bald erwacht!

CHORFÜHRER: Gleich werden wir erfahren, ob das Zeichen,
Die Stafettenpost des Feuers, wirklich aufgeleuchtet ist:
Ein Fackellauf in dunklen Nächten,
Oder ob das Wechselspiel des Lichts
Nichts als ein Traum gewesen ist,
Ein schönes Trugbild.
Da! Der Bote! Von der Küste her!
Mit Ölbaumzweigen das Gesicht beschattet!
Seht! Der trockne Staub, der Straßenkot zeigt an:
Hier kommt ein Mann, der klarer redet
Als das Flammenzeichen auf den Bergen
Und der stumme Rauch.
Entweder bringt er eine gute Nachricht mit:
Dann wird die Freude um so größer oder...
Nichts davon!
Den Flammenzeichen füg er, Wahres sagend,
Neuen Glanz hinzu.
Wer anders denkt und unserm Lande Unheil wünscht,
Mag selbst die Frucht seiner Gedanken ernten: Gift!

BOTE *(tritt auf)*:
O väterliche Erde! Argos! Heimatland!
Im Licht des zehnten Jahres endlich komm ich heim –
Gar manche Hoffnung trog, solang ich fort war,
Aber eine nicht:

Nie hätt' ich ja geglaubt, im Heimatland,
Bedeckt von Argos' Erde einst ein Grab zu finden.
O sei gegrüßt du, Land! Du, Licht der Sonne sei gegrüßt!
Zeus! Schirmherr dieser Stadt!
Apollon, Fürst! Laß deinen Pfeil im Köcher:
Am Skamander warst du unser Feind –
Sei's jetzt nicht! Hilf uns, Loxias!
Heile das Leid!
Euch Götter ruf ich an,
Den Großen Rat der Zwölf.
Vor allem dich, den Botengott,
Hermes, den treuen Herold:
Unser Stolz bist du!
Und ihr, Heroen, die ihr uns geleitet habt,
Als wir nach Troja fuhren –
Nehmt die Heimgekehrten freundlich auf:
Es sind nur wenige.
O Bilder!
Götter ihr, im Sonnenlicht,
Mit hellen Augen mögt ihr würdig unsern Herrn
Empfangen jetzt, der heimkehrt nach so langer Zeit.
Er kommt, euch Licht zu bringen in der Nacht:
Euch, Götter, und euch allen hier, ihr Bürger.
Begrüßt ihn freundlich, denn so ziemt es sich,
Da Zeus ihm eine Pflugschar lieh
Und er die Felder Trojas pflügte
Und die Stadt bis auf den Grund zerstörte.
Selbst die Altäre und die Göttertempel sind nicht mehr;
Verwüstet ward des ganzen Landes Saat...
So unterjochte Agamemnon Trojas Stadt,
Der Sohn des Atreus, unser großer Herr.
Vom Glück begleitet kehrt er heim, und wert,
Geehrt zu werden wie kein andrer Mensch.
Denn ihm allein ist es zu danken, daß der Räuber,
Paris: so verkommen wie die ganze Stadt! –
Sich nicht der Tat, sondern der Schmerzen rühmen kann.
Der Beutejäger! Dieser Dieb, der seinen Raub hergeben muß –
Und mit dem Raub die ganze Stadt!
Es gibt kein Troja mehr:

Priamos' Söhne haben doppelte Buße bezahlt –
Helena und ihr Land!

CHORFÜHRER: Mit Freude, Herold – sei gegrüßt!

BOTE: Ja, Freude. So viel Freude, daß ich sterben möchte ... jetzt!

CHORFÜHRER: Die Sehnsucht quälte dich? Das Heimweh.

BOTE: So sehr, daß ich weinen muß. Es ist das Glück –

CHORFÜHRER: Dann habt ihr auch, wie wir...

BOTE: Was: »auch«?

CHORFÜHRER: Nach denen euch gesehnt, die euch ersehnten?

BOTE: Ihr hattet Heimweh nach den Heimwehkranken?

CHORFÜHRER: Ja. Ich habe oft geweint. Das Leid war groß.

BOTE: Um uns?

CHORFÜHRER: Und auch um diese Stadt.

BOTE: Warum?

CHORFÜHRER: *(schweigt)*

BOTE: Das Leid, der dunkle Schmerz, von dem du sprichst – um wen?

CHORFÜHRER: Ich weiß ein Kraut, das heilt.
(legt den Zeigefinger auf den Mund): Das Schweigen.

BOTE: Die Fürsten waren fort. Die konnten dir nichts tun. Wer also dann?

CHORFÜHRER: »So daß ich sterben möchte«, hast du grad' gesagt. Ich will es auch.

BOTE: Vor Freude, ja. Denn jetzt ist alles gut.
Freilich, daß in so langer Zeit Glück und Unglück wechselten,
Darf niemand Wunder nehmen.
O Zeus! Wenn ich die Mühsal nennen wollte, all die Last,
Das harte Lager und die Enge auf dem Schiff,
Den Dienst von früh bis spät, den Hunger und die Wachen
Vor dem Angesicht des Feindes,
Den Regen und den Tau, der aus den Wiesen stieg...
Und dann den Winter, der so kalt war, daß die Vögel starben,
Und dann den Schnee und andrerseits
Im Sommer Hitze, wenn in Mittagsglut
Das wellenlose Meer zu schlafen schien.
Allein, was klag ich noch? Die Mühsal ist vorbei.
Vorbei für die auch, die gefallen sind,
Und nie mehr sich erheben werden.

Ich will sie euch nicht nennen, die Gefallenen.
Ich lebe ja. Was kümmert mich ihr Los?
Das Elend ist vorbei: Krieg, lebe wohl – wie ich.
Nein, besser nicht!
Doch wie's auch sei: Für uns, die überlebten,
Ist der Vorteil groß, das Leid – Vergangenheit!
Schnell, wie der Vogel, sind wir
Land und Meer durchquerend heimgekehrt
Und rühmen uns im Angesicht der Sonne und des Lichts:
Troja ist unser!
Die Soldaten – wieder da!
Schaut her! An allen Tempeln Griechenlands
Hängt dieser Schmuck:
Die Beute, aufgehängt von uns!
Seht sie euch an, in Sparta und Athen,
In Theben und Korinth
Und preist das Volk hier und die Fürsten,
Und preist Zeus, den Höchsten Gott: Er hat's getan.
So, jetzt weißt du es.

CHOR: Du hast mich überzeugt mit deinem Wort.
Doch schäme ich mich deshalb nicht.
Zum Lernen sind auch Greise jung genug.
Ich freue mich, daß ihr zurückgekommen seid,
Am meisten aber wird sich dieses Haus
Und Klytaimestra freun...

Klytaimestra erscheint

BOTE: O, meine Königin!

KLYTAIMESTRA: Sei still, mein Freund. Du brauchst mir nichts zu sagen.
Vor Freude hab ich längst schon aufgejauchzt,
Als mir der Wächter von dem Feuerzeichen Kunde gab
Und meldete, daß Troja fiel.
Ich wußte es; ihr aber habt mir nicht geglaubt.
Verspottet habt ihr mich: »Dem Feuerzeichen glaubt sie.
Einem Trug!
Ein Licht bei Nacht – und schon dünkt ihr,
Daß Troja fiel: leichtgläubig, wie die Frauen sind.
Ihr Sinn ist wirr – sie träumt.«
Ich aber ließ euch reden, rüstete das Opfer,

Und die Fraun verstanden mich:
Ein Freudenschrei lief durch die Stadt,
War hier, war dort, und überall!
Die Flammen brannten, die Gebete stiegen auf,
Altäre dufteten von Weihrauch.
Ich weiß genug! Ich brauche eure Botschaft nicht.
Vom König selbst werd ich in Kürze alles hören.
Schon mach ich mich bereit, um meinen Herrn,
Der heimkehrt, zu begrüßen, wie er es verdient.
Was gäb es Schöneres für eine Frau
Als jenes Tages Licht zu schaun, da sie
Dem gottgeretteten, vom Krieg befreiten Mann
Die Tore seines Hauses öffnet?
Auf nun, melde meinem Herrn:
So schnell als möglich soll er kommen, denn
Es wartet auf ihn schon die Sehnsucht seines Volks.
Ein treues Weib wird er im Hause finden,
Gehorsam, wie er es verließ,
Des Herdes Wächterin, ihm gut, jedoch den Bösen feind.
Sie blieb sich treu, hat nichts verändert, nicht einmal
Ein Siegel ist erbrochen in der langen Zeit.
Mein Ruf ist ohne Tadel! Lust
Mit einem andern Mann ist mir so fremd
Wie der Gebrauch des Schwerts.
So darf ich sprechen, stolz und kühn,
Weil es die Wahrheit ist.

ab

CHORFÜHRER: Sie hat es selbst gesagt. Du, Bote, hast's gehört,
Das Wort war klar.
Nur eines noch. Du sprachst von Agamemnon,
Doch von Menelaos hast du nichts gesagt.
Ist er gerettet? Kehrt er heim?
BOTE: Du bist mein Freund. Ich kann dich nicht belügen.
Lieber gleich die Wahrheit, denke ich,
Als sich noch eine Zeit an falscher Hoffnung freun:
Wem nützt schon eine faule Furcht?
CHORFÜHRER: Seltsam: Erst ließt du mich hoffen,
Troja, hieß es, sei zerstört,
Und jetzt auf einmal trennst du »gut« und »wahr«?

BOTE: Ja. Agamemnon kehrt zurück – und das ist wahr.
Doch Menelaos wird vermißt: er selbst und seine Schiffe –
Aufgelöst in Nichts! Und das ist gleichfalls wahr.
CHORFÜHRER: Ist er allein gefahren? Oder wurde er im Sturm von Euch getrennt?
BOTE: Im Sturm. Du hast's getroffen, Freund.
Der Bogenschütze trifft mit knappem Wort
Ein langes Leid.
CHORFÜHRER: Und niemand weiß...?
Kein Schiffer, der die Flotte sah und meldet:
Er ist tot? Wir haben ihn geborgen – und er lebt?
Kein Seemann?
BOTE: Nein. Nur Gerüchte. Sicheres weiß niemand – außer Helios, Der Sonne, die das Leben nährt.
CHORFÜHRER: Sprich weiter! Wie begann der Sturm?
Brach er herein? Ganz plötzlich? Und wie ging es aus?
Die Götter zürnten, das ist sicher, doch...
BOTE *(einfallend)*:
Der ehrt die Götter nicht,
Die himmlischen, der einen schönen Tag
Mit einer schlechten Nachricht schwärzt.
Ja, wenn der Bote, mit verhülltem Haupt,
Der Stadt verkündet, daß das Heer geschlagen sei
– Die Mannschaft tot! –
Und zwiefach Wunden aufreißt:
Im Staat die eine
Und bei dir und mir die andere:
Aus vielen Häusern nämlich
Wurden Männer durch den Geißelschlag des Kriegs,
Die Doppelpeitsche, rot von Blut,
Hinausgejagt – und kehrten nicht zurück...
Wer so, mit schwerer Last bepackt,
Mit Elend, Mord und Not,
Nach Hause kommt,
Singt seine Klage den Erinyen
Und nicht den Himmlischen;
Denn seine Botschaft ist ein Grabgesang.
Doch wer, wie ich, mit guter Botschaft kommt
Und seiner Stadt, die sich des Glücks erfreuen mag,

Den großen Sieg verkünden darf –
Wie mischt der Freud und Leid,
Wenn er vom gottgesandten Sturm erzählt,
Jenem Orkan, der uns die Schiffe auseinanderriß?
Da war ein gottgesandter Sturm,
Das Feuer und das Wasser,
Die einander sonst doch grimme Feinde sind,
Gelobten sich, vereint die Flotte zu vernichten.
Plötzlich, als die Nacht hereinbrach, stieg die Flut,
Der Nordwind trieb die Schiffe aufeinander zu,
Holz prallte gegen Holz, das Kielhorn riß die Planken auf,
Orkan und Regen nahmen alle Sicht,
Und als der Morgen kam, das helle Tageslicht,
Da sahen wir das Meer von Trümmern übersät,
Wrackteile hier und Leichen dort –
Nur wir entkamen, weil der Rumpf noch unbeschädigt war.
Tyche war es, die als Retterin am Steuer saß.
Ihr allein verdanken wir es,
Daß die Ankertaue hielten
Und wir nicht, im Schwall der Sturzflut,
An den Riffen kenterten:
So überlebten wir und keiner blieb auf See.
Aber wir glaubten's nicht: Am hellen Tag
Mißtrauten wir, dem Hades kaum entronnen,
Solchem Glück; die Sorge nährte neues Leid
Um die Matrosen, die ertrunken sind.
Wenn einer von der Flotte aber noch am Leben ist:
Der glaubt bestimmt, wir seien tot.
Warum denn nicht? Wir glaubten es ja auch von ihm.
Doch laßt uns beten, daß...

bricht ab

Du mußt es glauben, hörst du: Menelaos kehrt zurück.
Wenn irgendwo ein Lichtschein ihn entdeckt,
Ein Sonnenstrahl, der unsern guten Herrn erwärmt –
Wie sollte Zeus ihn auch verderben wollen,
Diesen Mann? –
Dann ist noch Hoffnung, daß auch er nach Hause kommt:
Wie Agamemnon.
Ja, so ist die Wahrheit: gut und schlecht. *(ab)*

CHOR: Helena!
Wer hat den Namen ersonnen:
Helena: Brandfackel! Schiffsfängerin! –
Das treffende Wort
Voll Bedeutung,
Wer, wenn nicht einer,
Den wir nicht sehen,
Einer, der vorausschauen konnte
Und, wissend, was beschlossen war,
Die Buchstaben
Zielsicher band?
He-le-na
Nannte er sie,
Kampfbraut und Streitkind.
Helenas, Helandros, Helopolis:
Schiffe, Männer und Städte vernichtend.

Aus seidenen Decken entführt,
Dem Schleiergespinst,
Floh sie,
Von Zephir liebkost
Und gehetzt von den Männern,
Den Jägern mit Schilden und Speeren,
Den Treibern
Auf ihrer Meerspur,
Der verborgenen Fährte.
Zum Blutkampf fuhren sie aus:
Den Strom vor Augen,
Simois,
Und die grünen Gestade
Am Fluß.

O Zorn,
Der mit den Worten spielt!
O verseschmiedender Haß!
Der Schmach des Gasttischs gedenkend,
Der Schande des Zeusbehüteten Herdes
Hast du
Zur Trauung

Die Trauer gefügt:
Ehe und Wehe.
Hymenaios! Brautgott! Sei gnädig!
Sangen einst Priamos' Söhne,
Die Schwäger:
Sie haben's verlernt!
Statt des Brautlieds
Stimmt Troja,
Altersgrau,
Den Totensang an,
Seufzt auf
Und weint
Und klagt ihn an,
Paris, das Unglückskind,
Und klagt das Hochzeitslager an,
Das Lager, das zum Sarg geworden ist:
So viel Blut,
So viele Tote
In Troja.

Es war ein Mann,
Der zog in seinem Haus
Ein Löwenjunges auf:
Zierlich war es
Und noch nicht entwöhnt –
Sog aus der Zitze
Einer Hündin Milch.
Ein zahmes Tier,
Sehr klein noch,
Das die Kinder liebten
Und die alten Leute auch.
Die nahmen es,
Wie einen Enkel,
Der noch in den Windeln liegt,
In ihren Arm
Und freuten sich,
Wenn es, mit seinem lustigen Gesicht,
Sobald das Bäuchlein knurrte,
Zur Hand hin blickte,

Die das Futter hielt.
Dann aber,
Als es größer wurde,
Trat, plötzlich,
Seine angestammte Art hervor:
Lämmer reißend
Zahlt es den Pflegern
Den Lohn,
Vergilt,
Was Freundlichkeit und Sorge war,
Mit Mord,
Holt sich,
Ungebeten,
Den Fraß:
Blutüberschwemmt war das Haus,
Vergebens
– Zurück in den Käfig!
Der Kampf des Gesindes:
Mord folgte auf Mord!
Und, gottgesandt,
Wuchs im Haus
Der Rachepriester
Heran.

So auch sie, die zweifüßige Wölfin:
Wem vergleiche ich sie?
Der Meeresruhe,
Die kein Wind berührt?
Dem sanften Geist der See?
Dem Glanz, den angestammter Reichtum schenkt?
Dem Kleinod?
Oder dem zarten Augenblitz?
Der Liebesblüte,
Die das Herz zernagt?
Wehe! Die Wölfin wuchs heran.
Bluthochzeit war,
Ungesellig und böse
Ist sie gewesen,
Die Trauerbraut,

Die von Zeus,
Dem Hüter des Gastrechts,
Geleitet
Nach Ilion kam: Erinys, Helenas Trugbild!

Reichtum und Segen:
Erbenlos bleiben sie nicht –
Aber die Kinder sind böse.
Unkraut,
Sagt ein altes,
Oft gehörtes Wort,
Gedeiht am schönsten
Im Garten des Glücks:
Die Frucht des Reichtums
Heißt – Leid.
Ich aber glaube das nicht.
Ich sage vielmehr:
Die schlimme Tat
Zeugt Töchter,
Die ihr ähnlich sind –
Wie Spiegelbilder
Sehn sie aus.
Ein Haus jedoch,
Das glücklich ist,
Hat gute Kinder.
So will es das Schicksal.

Alter Frevel
Liebt jungen zu zeugen:
Immerzu!
Immerfort!
Nur ans Licht!
Der junge aber,
Unglücksgierig wie er ist,
Gebiert abermals neuen:
Und mit dem Frevel neue
Unbezwingbare
Unfromme Schuld:
Die Dreistigkeit des Fluchs,
Einen schwarzen Dämon,
Der dem Vater ähnlich sieht.

Dike jedoch
Die das Recht schirmt,
Leuchtet in rauchschwarzer Hütte,
Ehrt den verläßlichen Mann
Und wendet sich ab,
Bedeckt ihre Augen,
Sobald sie die goldenen Sitze
Erblickt,
Von schmutzigen Händen
Befleckt.
Das Fromme hält sie in Ehren;
Macht aber und Reichtum:
Das Falschgold gilt ihr für nichts.
Jedem,
Dem Frevler,
Dem Frommen,
Weist sie das Ziel.
Agamemnon und Kassandra treten auf.
CHORFÜHRER: Mein König! Trojas Besieger!
Du Sohn des Atreus!
Wie red ich dich an?
Wie soll ich dich ehren:
Nicht schmeichlerisch
Und nicht knauserig
Möchte ich sprechen –
Sondern sagen, Herr,
Wie mir ums Herz ist.
Doch weiß ich,
Daß mancher
Das Recht überschreitet,
Weil er dem Schein schenkt,
Was dem Sein gebührt.

Das Elendslos des Freundes zu beweinen
Ist nicht schwer:
Der Schmerz verschont
Das eigne Herz.
Da fließt die Träne rasch.
Auch Freundlichkeit zu heucheln,

Fällt, von gleich zu gleich,
Nicht schwer:
Wer sieht denn schon,
Daß Zwang allein
Dein Antlitz lächeln läßt?

Doch wenn,
Nicht anders als der Hirt,
Der seine Schafe kennt,
Der Fürst dir in die Augen sieht,
Dem sage ich es nicht,
Daß du, Wohlwollen heuchelnd,
Ihn mit einem Blick anschaust,
Der Rührung zeigen soll
Und – wäßrig ist.

Laß mich offen reden, Herr!
Als du vor Jahren, Helena zuliebe,
Mit deinem Heer nach Troja zogst,
Da empfing ich von dir
Kein freundliches Bild.
Töricht schienst du mir zu sein:
Ein König, der den Sinn
Nicht steuern kann:
Nicht die Gedanken. Nicht sein Herz:
Da starben Männer, hörst du –
Unsre Freunde,
Väter, Gatten, Söhne,
Fielen – und wozu?
Um einer Hure willen,
Die nach Haus
Gebracht werden sollte.
Jetzt aber ist der Schmerz
Der Freude gewichen:
Großes, Agamemnon,
Hast du vollbracht:
Du.
Was *uns* betrifft, so wirst du, denke ich,
Mit der Zeit schon erkennen,
Wer deine Stadt,

Solange du fortwarst,
Gut verwaltet hat
Und wer nicht.

AGAMEMNON: Zuerst will ich die Heimat, wie es sich gehört,
Und euch, ihr Götter dieses Lands, begrüßen:
Euch allein verdanke ich die Heimkehr und den Sieg –
Das Strafgericht über die Stadt.
Sie ist ausgelöscht.
Ihr, Götter, habt auf Zeugen nicht gehört:
Ihr wolltet Sicherheit und schautet selbst
Und warft die Todeskugeln,
Die den Untergang der Stadt besiegelten,
In jene Urne, die mit rotem Tuch beschlagen war,
Den Tränenkrug, nicht in die andere:
Der streckte nur die Hoffnung ihre Hand entgegen
Und kein Richter. Die blieb leer.
Nur noch am Rauch ist Troja zu erkennen,
Und an den schwarzen Feuern in der Stadt
Und an der Asche, die, als einzige, vom alten Reichtum zeugt.
Dank sei euch, Götter, ewig Dank!
Wir haben uns gerächt – und mehr als das:
Um eines Weibes willen haben wir
Die Stadt in Staub zertreten.
Da war ein Raubtier, weißt du,
Ein – argivisches,
Das wuchs heran im Bauch des Pferds,
Das hatte Lanzen, Äxte, Schwerter
Das sprang, als die Plejaden untergingen,
Aus dem Leib: und dann, mit einem Panthersprung,
Über die Mauer, und dann mitten in die Stadt.
Das Raubtier leckte sich am Blut der Fürsten satt.
Es fraß und fraß! –
Der erste Gruß galt euch, ihr Himmlischen –
Die Dankbarkeit spricht lang.

(zum Chorführer): Und nun zu dir.
Ich habe deine Meinung wohl bedacht und denke so wie du.
Nur wenige verstehn es ja,
Den glücklich heimgekehrten Freund neidlos zu ehren.

Der Haß verdoppelt sich sehr leicht:
Man sieht zuerst das eigne Mißgeschick
Und quält sich dann mit Anschaun fremden Glücks.
Ich hab's erfahren, Freunde, und ich weiß,
Wie schnell die treue Freundschaft sich verflüchtigt.
Allein Odysseus, der mir doch so ungern folgte,
Ging wie ein treues Seilpferd neben mir.
Ob er schon tot ist? Ob er noch das Licht der Sonne schaut?
Wer weiß...

Bricht plötzlich ab

Was nun die Götter und die Stadt angeht, so wollen wir,
Wetteifernd um den rechten Weg, in einer Volksversammlung uns beraten.
Betrachten müssen wir, wie das, was sich bewährte, weiterleben kann,
Wogegen das, was Besserung verlangt, mit Brand und Schere,
Doch verständig, auszutilgen ist als Krankheitsherd.
Genug von diesem. – Laßt mich jetzt ins Haus,
Und meinen lang entbehrten heimatlichen Herd betreten.
Der Sieg, der mir bis hierher folgte, aber bleib mir auch in Zukunft treu.

KLYTAIMESTRA: Nicht schäme ich mich mehr, ihr Männer, Argos' Älteste,
In aller Offenheit vor euch zu sagen, wie
Ich meinen Gatten liebe.
Nichts was mir andre sagten, will ich dir erzählen –
Mein eignes, unglückseliges Geschick,
Wie es mir ging, solange du in Troja warst, sollst du erfahren. Hör!
Schon daß die Frau, allein und einsam, ohne ihren Mann,
Zu Hause sitzt, ist jammervoll.
Gerüchte hört sie, eins, ein zweites, viele: Alle widersprechen sich.
Es kommt ein Mann, ein zweiter, viele: alles Unglücksboten.
Das Leiden schreit im Haus und hört nicht wieder auf.
Wenn Agamemnon so viel Wunden hätte,
Wie's die Gerüchte Tag für Tag mir hinterbrachten:
Er wäre mehr durchlöchert als ein Netz.
Um dieser Qualen willen, dieser unerträglichen Gedanken, habe ich

Mir mehr als einmal eine Schlinge um den Hals gelegt.
Es waren andere, die sie dann wider meinen Willen lösten.
Aus diesen Gründen steht auch unser Kind nicht neben mir,
Orest. Ich spüre, daß du ihn vermißt. Jedoch – sei nicht erstaunt –
Ein treuer Freund, dein Kampfgenosse, der Phoker Strophios,
Zieht ihn uns auf. Er hat mir häufig die Gefahr genannt,
Die uns bedrohte und es ratsam scheinen ließ,
Orest in Sicherheit zu bringen.
Du warst doch selbst in Not und hier war jeden Tag
Ein Umschwung möglich, denn es ist ja Menschenbrauch,
Den umzustoßen, den man fallen sieht.
So folgte ich dem Strophios, aus Sorge, nicht aus List.
Du kannst mir's glauben.
Mir aber sind die Tränen ausgetrocknet.
Leer der Quell, kein Tropfen Wasser auf dem Grund.
Die Augen schmerzen mich, sie haben allzulange
Wachen müssen, in den Nächten, wenn ich auf
Das Feuerzeichen wartete,
Das Zeichen, das nicht kommen wollte.
Und wenn ich einschlief, weckte mich im Traum sogleich
Das leise Surren einer Mücke; zartes Schwirren schon
Genügte, um mich hochzuschrecken.
Es war die Angst um dich. Ich sah dich so viel leiden,
Wie du in so kurzer Schlafzeit gar nicht leiden konntest.
Doch es ist überstanden, und der treue Wachhund hier
In deinem Haus hat ausgelitten. – Komm, laß mich jetzt
Dich preisen: als das Ankertau, das Schiffen Rettung bringt,
Und als das Fundament des Hauses, als des Vaters einzigliebes Kind
Und als das Land, das zu Gestrandeten die Hoffnung trägt.
Laß mich dich nennen: schöner Tag,
Der nach den Stürmen herrlich neu erstrahlt,
Laß mich dich nennen: Flut und Quell,
Dem Wanderer Segen, der vom Durst gepeinigt ist.
O herrlich ist's, wenn man der Not entkam.
So, mein Gebieter, spreche ich dich an.
Der Neid sei fern. Denn schlimm genug war, was vergangen ist.
Jetzt aber, liebes Haupt, steig du herab vom Wagen. Komm!
Doch tritt nicht auf den Boden mit dem Fuß, der Ilion zertrat. –

Ihr Mägde, auf! Habt ihr vergessen, daß euch aufgetragen ist,
Den Boden hier mit Decken zu belegen?
Aus Purpur sei der Weg, der ihn, den kaum Erwarteten,
Ins Haus zurückbringt.
Was das Weitere betrifft, so wird die Fürsorge,
Von keinem Schlaf besiegt, das Rechte tun:
Wie es von Gott beschlossen ist.

AGAMEMNON: Du, Klytaimestra, Wächter meines Hauses, hast
Der langen Trennung wohl entsprechend, lang die Rede ausgedehnt.
Ein Lob jedoch ist nur ein Lob, wenn es ein Fremder spricht.
Das merke wohl. Auch will ich nicht verzärtelt sein wie eine Frau.
Ich liebe nicht das allzu demutsvolle Wort,
Barbarenohren mögen sich an Schmeicheleien freun.
Und schließlich mach mir nicht den Weg verhaßt,
Indem du Purpurdecken drüberlegst.
So soll man nur die Götter ehren.
Ich aber bin ein Mensch und habe Angst,
Auf dieser roten Zunge in mein Haus zu gehn.
Ich will als Mensch, nicht als ein Gott in Ehren sein.
Ich weiß, sich nicht zu überheben,
Ist das Beste, was die Götter schenken.
Zu preisen ist nur der, der bis zum Tod in Frieden lebt.
So scheint's mir recht.
So will ich's halten.

KLYTAIMESTRA: O, sprich nicht so, erfüll mir meinen Wunsch.

AGAMEMNON: Du weißt, ich bleib bei dem, was ich gesagt.

KLYTAIMESTRA: Aus Furcht nur hast du es dem Gott gelobt,
Nicht diesen Purpur zu betreten.

AGAMEMNON: Mein Vorsatz war gut überlegt. Bedenke das.

KLYTAIMESTRA: Was – meinst du – würde Priamos in dieser Lage tun?

AGAMEMNON: Der hätte keine Scheu, den Purpurteppich zu betreten.

KLYTAIMESTRA: Und du hast Angst, daß dich die Menschen tadeln?

AGAMEMNON: O, viel vermag die Stimme, die im Volke geht.

KLYTAIMESTRA: Man sieht nicht auf zu dem, der nicht beneidet wird.

AGAMEMNON: Es ziemt sich nicht für eine Frau, den Streit zu suchen.

KLYTAIMESTRA: Jedoch dem Glücklichen steht es wohl an, besiegt zu werden.

AGAMEMNON: So viel liegt dir an diesem Sieg?
KLYTAIMESTRA: Gib nach! Du bleibst der Herr.
AGAMEMNON: Nun gut, wenn du es willst, so löst mir nur
Die Spangen meiner Schuhe.
Möchten neidlos eure Augen auf mich sehn, ihr Götter, wenn
Ich jetzt den Purpurfries betrete,
Denn ich fürchte mich.
Noch eine aber, Klytaimestra, hör.
Das Mädchen hier,
Das schweigend auf dem Wagen sitzt,
Das bringe freundlich mir ins Haus.
Die Götter lieben den, der auch als Sieger milde sich verhält.
Von allen Schätzen, die ich mir erworben, ist
Das Mädchen mir der kostbarste, vom Heer geschenkt
Und mir gefolgt bis hier.
Ich aber, dir gehorchend, gehe – jetzt – auf Purpurstufen in das Haus.

Agamemnon ab

KLYTAIMESTRA: Noch gibt es ja das Meer – wer schöpft es aus? –
Das immer neuen, köstlich-reichen Purpursaft gebiert,
Mit dem man seine Kleider schmückt.
Den Göttern Dank! Denn überreich ist unser Haus
An solchem Gut; das Darben hat es nie gelernt.
Noch viele Purpurdecken hätt' ich ausgelegt,
Gehorsam gegenüber den Unsterblichen
Und dankbar, weil sie dich bewahrten.
Dort, wo die Wurzel lebt, schießt Saft ins Laub des Baumes,
Und dunkler Schatten hält die Hitze ab.
Nun bist du heimgekehrt an deinen Herd,
Nun blüht der Sommer auf, auch wenn es Winter ist.
Und kommt der Herbst, die Traube reift,
Dann bringt der Herr die sanfte Kühle mir ins Haus.
O Zeus! Zeus, du Vollender! Höre mein Gebet! Es soll geschehen,
Was du willst.
Es soll geschehen, was geschehen soll.

Klytaimestra ab

CHOR: Warum die Angst,
Immerfort,
Der dunkle Vogel,

Der mein Herz umschwirrt?
Weh mir!
Ich sehe
Und möchte
Die Augen verschließen.
Ich singe
Und weiß doch,
Daß niemand mich lohnt.
Weissagen muß ich
Und habe Angst!
Schütteln möchte ich sie,
Abwerfen,
Die Angst,
Wie einen Traum.
Wie einen wirren Geist!
Beten will ich:
Zuversicht,
Sei du,
Furchtbezwingend,
Wieder Königin
Meiner Gedanken!

Den Klagesang
Ohne Leier:
Herzschlag für Herzschlag
Stimmt die Seele ihn an
Ta-tam! Ta-tam! Ta-tam!
Und singt
Das selbstgelehrte Klagelied.
Und keine Hoffnung mehr.
Kein Mut.
Ein Opferschauer,
Der die Wahrheit sieht:
Bebend in Wirbeln des Schicksals
Verzückt,
In Strudeln tanzend,
Auf und ab, auf und ab:
Mein Herz!
O daß es ein Lügenpriester wäre,

Dies Herz,
Und seine Ahnung ein Trug,
Ein Schattengeist,
Der sich im Nichts verliert.

Das allzu Gesunde:
Rasch kommt es ans Ziel.
Die Stunde naht schnell:
Krankheit,
Der neidische Nachbar,
Wohnt Mauer an Mauer.
Zeus allein,
Zeus,
Der die Frucht schafft,
Und von Jahreszeit zu Jahreszeit
Die Furchen segnet,
Kann
Armut vertreiben.

Doch wenn das Todesblut
Geflossen ist,
Das Blut eines Menschen:
Welcher Zauber holt ihn zurück?
Selbst Asklepios –
Ihm, der es verstand,
Tote der Nacht zu entreißen –
Selbst ihm
Fiel Zeus,
Der Unheilwender,
In den Arm.
Wäre zwischen Menschen,
Den Mächtigen
Und den Geringen,
Nicht eine Schranke gesetzt:
Müßte, wer klein ist,
Nicht schweigen:
Alles würde ich sagen!
Schreien würde ich,
Und aus dem Herzen
Strömte es heraus!

Jetzt aber schlägt es im Dunkeln,
Schlägt
Und hallt wider.
Schmerz hat es gepackt,
Und nicht mehr träumt es,
Zum Guten
Den Knäul zu entwirren.
Das Feuer brennt.
Mein Herz
Steht in Flammen.

Klytaimestra kommt eilig aus dem Palast.

KLYTAIMESTRA: Komm, Kassandra. Komm ins Haus und steig herab. Ja, du.
Zeus selbst in seiner Gnade hat es dir erlaubt,
Mit allen Dienern jetzt zum heiligen Altar zu treten
Und am Opfer teilzunehmen. Steig von deinem Wagen,
Laß den Stolz. Bedenk: ein größerer als du,
Herakles, Alkmenes Sohn, wurde verkauft und aß
Das Sklavenbrot. In solcher Lage ist es gut,
Ein Haus zu finden, dessen Herr seit alters her begütert ist.
Der schnelle Reichtum, über Nacht erworben,
Läßt den Sklaven leicht die Peitsche fühlen.
Hier aber hast du, was du brauchst.

CHOR: Sprach sie nicht deutlich? Hast du nicht gehört?
Im Schicksalsnetz gefangen, kannst du nicht entfliehn.
Auf, folge ihr! Es bleibt dir keine Wahl.

KLYTAIMESTRA: Wenn sie nicht nur, der Schwalbe gleich,
In Lauten zwitschert, die wir nicht verstehn,
Wird sie begreifen, was ich ihr befahl.

CHOR: Du mußt ihr folgen. Glaub's, sie will dein Bestes.
Komm, gehorch und steig herab von deinem Sitz.

KLYTAIMESTRA: Ich habe keine Zeit, hier vor der Tür zu schwätzen.
Schon ist... das Lamm bereit zur Opferung
Im Hause drinnen auf dem Herd.
Willst du dabei sein? Nun, dann warte nicht.
Doch wenn du meine Worte nicht verstehst,
Dann sprich nach der Barbaren Sitte mit der Hand.

CHOR: Mir scheint, der Fremden tut ein Dolmetsch not,
Denn wie ein frischgefangnes Wild führt sie sich auf.

KLYTAIMESTRA: O nein, nicht wie ein Wild. Von Sinnen ist sie nur
Und hört auf nichts als ihren eignen Unverstand.
Die Heimat steht ihr noch zu deutlich vor den Augen,
Troja, das wir jüngst eroberten. Sie hat noch nicht gelernt,
Dem Zügel zu gehorchen. Doch gemach!
Bald wird sie Schaum und Blut ausspucken und gehorsam sein.

Klytaimestra ab

CHOR: Ich aber kann nicht zürnen,
Sondern habe Mitleid mit der Sklavin.
Komm, Kassandra! Geh hinein,
Steig ab von deinem Wagen! Füge dich dem Joch!
KASSANDRA: O weh! O weh! Apollon! O, Apoll!
CHOR: Was stöhnst du da und klagst dem Gott?
Apollon will kein Trauerlied.
KASSANDRA: O weh! Weh! Ach! Apoll! Apoll!
CHOR: Mit frevelhaftem Schrei ruft sie zum zweiten Mal den Gott,
Apoll, dem keine Klage nahen darf.
KASSANDRA: Apoll!
Apollon!
Wegführer! Du!
Den andern allen
Gibst du Schutz!
Und mich vernichtest du,
Apoll,
Zum zweiten Mal!
CHORFÜHRER: Ihr eignes Unheil
Weissagt sie:
Sie selbst? Oder Apoll?
Spricht Gott durch einen Sklavenmund?
KASSANDRA: O Apollon! Apollon!
Wegführer du! Mein Vernichter!
Wohin hast du mich geführt?
In welches Haus?
CHORFÜHRER: In Agamemnons Haus.
Wenn du's nicht weißt,
Dann hör es jetzt.
KASSANDRA: Verhaßt! Verhaßt das Haus!
Das Frevlerhaus:
Es weiß zu viel.

Sieh da! Das Seil aus Stahl!
Und da! Ein abgeschlagnes Haupt!
Und dort das Blut im Opferbecken.
Das Blut von einem Mann.
Und blutbespritzt der Boden auch.
Ein Menschenschlachthaus! Weh!

CHORFÜHRER: So findig wie der Spürhund auf der Fährte
Ist die fremde Frau.
Schon wittert sie, wonach sie forschte:
Mord!

KASSANDRA: Und packt ihn an!
Seht da! Die Zeugen! Rot von Blut!
Schreiende Kinder! Säuglinge!
Das Schlachtfest!
Da! Das Fleisch gebraten,
Das der Vater... frißt!

CHORFÜHRER: Schweig still!
Wir wissen, daß du deine Seherkunst verstehst.
Aber wir brauchen keine Prophetie:
Hier nicht!

KASSANDRA: O weh! Was hat sie vor?
Was grübelt sie?
Ein neues Unheil
Wird im Haus erdacht.
Und nirgendwo Hilfe und Schutz.
Ihr seid verloren!
Da! Sie trifft!

CHORFÜHRER: Das *alte* Elend kennen wir:
Die ganze Stadt schreit es heraus:
Kindsmord! Und Menschenfraß!
Aber das *neue?*
Wißt ihr, was sie meint?

KASSANDRA: Unselige, wehe, was hast du vor?
Den eigenen Gemahl, den Ehemann,
Lockst du ins Bad... wie... wie bring ich's zu Ende?
Nur eine Weile noch,
Sehr bald,
Dann ist's geschehen. Schon streckt die Hand sich aus
Und jetzt... die andere!

CHORFÜHRER: Was sagst du?
Ich versteh dich nicht.
Das blinde Rätsel,
Dunkel und geheimnisvoll,
Orakel, die verworren sind:
Ich finde keinen Sinn!
KASSANDRA: Da! Wehe! Was ist das?
Das Fischernetz!
Der Todeshanf!
Und da das Beil!
Das Beil, das mit ihr schlief.
Das Beil, das schuldig ist
Am Mord.
Sieh nur! Das Mordgarn spult sich auf:
Der Löwe geht ins Netz.
Jauchzt, Rachegeister!
Schrei auf, Fluchgott des Hauses,
Wenn das Opfer fällt.
CHORFÜHRER: Welch eine Rachegöttin rufst du an?
Wer, sagst du,
Schreit im Haus?
Ich habe Angst.
CHOR: Safranfarben stürzt
Das Blut mir ins Herz:
Wie dem Krieger,
Den in der Schlacht
Ein Speer getroffen hat.
Die Sonne neigt sich,
Und der Tod
Kommt schnell.
KASSANDRA: Da! Seht!
Haltet den Stier fern von der Kuh!
Gefangen im Hanfbausch!
Dort! Das Beil! Das schwarze Horn!
Er gleitet ins Wasser,
Ins Becken,
Der Opferkessel wird rot.
Ihr Plan,
Gemischt aus List und Mord
Geht auf.

Hast du gehört?
CHORFÜHRER: Ich bin kein Rätseldeuter,
Aber ich ahne,
Daß ein Unheil kommt.
CHOR: Wo ist der Spruch,
Wo die Rede vom Heiligen Herd,
Die den Sterblichen
Jemals Segen gebracht hat?
Im Unglück allein,
In der Furcht,
Lernt sich das Angstlied,
Das Wort voller Rätsel,
Das Schrecken verkündet.
KASSANDRA: O weh mir Armen!
Weh! Agamemnon! Herr!
Dein lauter Schrei –
Und dann der Klageruf der ganzen Stadt! –
Trägt meinen kleinen mit.
CHOR: Du gottverfluchte Frau!
Apoll hat dir den Sinn verwirrt,
Daß du dein Elend
In wilder Klage beweinst.
Wie der Blondvogel singst du,
Die Nachtigall,
Die Trauerkehlige,
Die unablässig
Unermüdlich –
Itys rufend, Itys! mein Liebster! –
Ihr Leben,
Das der Schmerz umwunden hat,
Beweint.
Unselige du!
KASSANDRA: Glückliche Nachtigall!
Die Götter gaben ihr
Den federleichten Leib
Und den Gesang,
Der keine Tränen kennt.
Mich aber erwartet,
Zwiefach geschliffen,
Das Beil.

CHOR: Woher, du Arme,
Stürmt Apoll auf dich ein?
Die Seherqual –
Du redest eitel,
Wenn auch wahr,
Schreckensvoll
Und süß zugleich:
Gesang und schriller Totenschrei –
Woher, Kassandra,
Hast du gelernt,
Das Ziel,
Das schwarze Mal
Des gottgesetzten Wegs
Zu erkennen?
KASSANDRA: Wehe! Unselige Hochzeit des Paris!
Wehe dir, Brautbett des Todes.
O väterlicher Fluß, Skamander,
Und die Tage der Jugend.
Jetzt aber singe ich
Am Acheron und am Kokytos
Den Klagegesang.
CHOR: Wie mit blutigem Biß
Packt mich
Dein Leid.
Ich zittere, Arme,
Wenn ich – grausam zu hören! –
Das Wimmern vernehme:
»Weh mir!
Die Not!
Weh! Mein Elend!«
KASSANDRA: O Qualen! Qualen!
O du ganz und gar zerstörte Stadt!
Ihr Opfer,
Die ihr Türme schützen solltet:
Blut der Herde,
Das der Vater euch gespendet hat,
Ihr Himmlischen,
Als er die Lämmer tötete.
Und ganz umsonst:

Die Stadt erduldete,
Was immer zu erdulden ist.
Und ich, noch warm von Leben,
Liege bald im Staub.

CHOR: Was du auch redest: alle Worte,
Dies und auch das frühere,
Sind gleich.
Sag, welcher Gott
Dir grollt
Und, Böses sinnend,
Wie ein Pfeil,
Ein zornbefiederter,
Sich auf dich stürzt:
Daß du das Totenlied,
Die Jammerklage singen mußt.
Was, wehe, wird das Ende sein?

KASSANDRA: Nun gut. Dann will ich reden.
Klar und unzweideutig soll die Prophezeiung sein:
Nicht, wie die jungvermählte Braut,
Von Schleiern eingehüllt.
Hell leuchtet das Orakel auf,
Dem Morgenwind vergleichbar,
Und zeigt
Wie Meereswellen
Unabsehbar rollend
Schuld auf Schuld.
Ein Strahl blitzt auf,
Die rote Gischt,
Es schäumt und schäumt...
Gut! Laßt mich unverhüllt
Und nicht in Rätseln sprechen
Und bezeugt mir,
Daß ich wie ein Spürhund längst
Die Fährte jener dunklen Freveltaten fand!
Nie wird der wilde Chor –
Mißtönig-schrill ist sein Gesang –
Dies Haus verlassen. Nein, der Schwarm bleibt hier
Und trinkt das Menschenblut, saugt sich mit Frevel voll
Hockt auf den Leichen, gröhlt den Zechgesang...

Die Strophen kennt ihr allzu gut: Blutschande heißen sie,
Und Ehebruch und Mord. –
Nun? Habe ich das Ziel verfehlt? Bin ich ein Bettelsänger
Oder eine Lügnerin, die an die Türen pocht?
Ihr meine Zeugen!
Schwört! Und sagt:
»Sie kennt die Frevel
Dieses Hauses
Sehr genau!«
CHORFÜHRER: Verwunderung ergreift mich,
Daß die fremde Frau,
Die übers Meer gewandert ist,
Die Wahrheit spricht:
Als hätte sie, was sie beschrieb,
Mit eignen Augen angeschaut.
KASSANDRA: Das ist Apollons Werk.
CHORFÜHRER: Apoll, sagst du? Dann... liebte dich der Gott?
KASSANDRA: Ihr seid die ersten, die es hört.
CHORFÜHRER: Manch einer ziert sich, wenn's ihm gut ergeht.
Das allzu große Glück macht stumm.
KASSANDRA: Ein Ringer, der beim Kampfe stöhnt:
Blind vor Begierde warb Apoll um mich.
CHORFÜHRER: Du... warst vereint mit ihm?
KASSANDRA: Nein, ich versprach es ihm. Jedoch – ich log.
CHORFÜHRER: Und warst schon Seherin?
KASSANDRA: Ja, jedes Leid gab ich den Bürgern preis.
CHORFÜHRER: Und wie bestrafte dich der Gott?
KASSANDRA: Was ich auch sagte: niemand glaubte mir.
CHORFÜHRER: *Wir* glauben dir: Nur allzu wahr klang uns dein Wort.
KASSANDRA: O weh doch, weh doch, weh!
Die Qual des Sehens reißt mich wieder fort.
Seht ihr die Kinder, da, vorm Haus,
So leicht und luftig, wie ein Bild des Traums?
Sie sind gestorben, sind ermordet von Verwandtenhand,
Und in den Händen tragen sie des eignen Fleisches Mahl.
Die Eingeweide, die ihr Vater aß.
Aus Rache für die Untat aber sinnt ein Mann,
Ein feiger, kraftlos, ohne Herz, ein Mann,
Der gern zu Haus sitzt und im Bett sich wälzt...

Er sinnt auf Rache, weh, auf Rache gegen meinen Herrn. –
Der große Fürst, der – ach! – die Vaterstadt zertrat,
Er weiß nicht, daß die Schmeichlerin, die Hündin,
Die ihn liebevoll umstrich,
Sich jetzt schon rüstet, um mit böser List,
Verschlagen bald die Mordtat zu vollenden.
Sie wagt es. Sie erschlägt den eignen Mann.
Sie ist... doch welches Tier kann ihr den Namen leihn?
Drache, Skylla, Unhold?
Weh, wie jauchzte sie,
Die freche Mörderin, als sie von Agamemnons Rettung sprach!
Ob ihr mir glaubt? Was tut's? Die Zukunft kommt.
In Kürze werdet ihr erkennen, weinend,
Daß ich Wahres sprach.

CHOR: O, ich verstand dich gut. Du hast vom Mahl Thyests erzählt,
Thyestes, der von seinem Bruder Atreus, Agamemnons Vater, einst
Die eignen Kinder als bejammernswertes Mahl...
O Zeus, mich schaudert und die Angst läßt mich nicht los,
Da ich die Wahrheit hörte, nichts erdichtet fand.
Doch was das andere betraf, – von einem zweiten Mord sprachst du. –
Da konnt ich deine Spur nicht mehr verfolgen.

KASSANDRA: Das Ende Agamemnons wirst du schaun.

CHOR: Kein Wort, Unselige, ich warne dich!

KASSANDRA: Vor meinem Wort gibt's keinen Retter mehr.

CHOR: Wenn es gewesen ist: dann ja. Jedoch: es soll niemals geschehn.

KASSANDRA: Du betest, aber die da rüsten sich zum Mord.

CHOR: Doch welcher Mann wird solche Freveltat begehn?

KASSANDRA: Du hast die Sprüche nicht verstanden, die ich sprach.

CHORFÜHRER: Wer ist der Täter? Das begreif ich nicht.

KASSANDRA: Sprach ich nicht griechisch? Wort für Wort?

CHORFÜHRER: Ja, wie Apollon:
Klar und rätselhaft zugleich.

KASSANDRA: Weh, was für ein Feuer kommt mir brennend nah?
Apollon, wehe mir! Apoll! Es brennt!
Zweifüßig schlief die Löwin bei dem Wolf,
Solang der große Löwe in der Fremde war.

Schon wetzt sie ihrem Mann das Schwert.
Und jubelt, weil ich mit hinunter muß.
Fort mit dem Seherstab! Gelächter und Gespött!
Fort mit der Priesterbinde um das Haupt!
Fort! Fort! Noch lebe ich, und breche diesen Stock entzwei.
Den Kranz hinunter... bring er einer andern Glück!
Seht ihr? Apollon zieht das Priesterkleid mir aus:
Sehr lange trug ich es, und voll Geduld.
Er aber sah mich an und hörte das Gelächter,
Das mir galt von Freund und Feind:
Närrin, Straßendiebin, Bettelweib,
Erbärmlich, elend, Hungerleiderin!
Jetzt führt der Seher seine Seherin zum Beil.
Statt des Altars der Väter bleibt mir nur der Block:
Er färbt sich rot vom warmen Opferblut.
Doch ungesühnt soll unser Tod nicht sein,
Ein anderer wird kommen, der uns rächt:
Der Muttermörder, der die Täter sühnen läßt,
Als Flüchtling und als Bettler, heimatlos kommt er zurück,
Um auf die Frevelmauer des Geschlechts den letzten Stein zu legen.
Die Klage seines toten Vaters bringt ihn her.
Allein – was stöhn ich jammernd noch?
Sie haben Ilion zerstört. Ich hab's gesehn, wie es geschah.
Doch die Zerstörer mußten, wie es Zeus gewollt,
Zugrunde gehen, als die Stadt zugrunde ging.
So füg ich mich, das Letzte zu erdulden,
Wie es der Götterschwur bestimmt. –
Ihr Todespforten seid gegrüßt.
Nur eines bitt ich noch, ein einziges:
Daß mich der Streich des Todes nicht verfehle,
Damit ich schnell und ohne Zucken sterben kann.

CHORFÜHRER: O arme allzukluge Frau, gar Vieles sprachst du, doch,
Wenn du die Zukunft kennst, dein bitteres Geschick,
Wie kannst du dann so ruhig, wie ein gottgetriebnes Tier,
Zum Blutstein gehn?

KASSANDRA: Die Zeit ist reif, ihr Freunde, und der Tod ist nah.

CHORFÜHRER: Auch noch die letzte Stunde hat Gewicht.

KASSANDRA: Sie ist schon da, und Flucht hat keinen Sinn.

CHORFÜHRER: Dein Elend läßt dich tapfer sein.
KASSANDRA: Vielleicht. Das Glück braucht keinen Mut.
CHORFÜHRER: Auch ruhmvoll sterben nenn ich Glück.
KASSANDRA: O weh, mein Vater! Deine armen Kinder: tot!
CHORFÜHRER: Was ist? Warum ergriff dich neue Furcht?
KASSANDRA: Wehe! Weh!
CHORFÜHRER: Wen rufst du? Welch ein Graun hat dich gepackt?
KASSANDRA: Das Haus strömt Mord aus. Mord und Blut.
CHORFÜHRER: Du riechst den Rauch der Opfertiere auf dem Herd.
KASSANDRA: Moder! Und Fäulnis! Wie aus einem Grab!
CHORFÜHRER: Es ist der Weihrauch, glaub mir,
Nicht der Aasgeruch.
KASSANDRA: Laßt mich!
Ich muß hinein. Lebt wohl.
Auch drinnen kann ich
Agamemnons Los beweinen.
Das Leben ist vorbei: O meine Freunde.
Doch ich will nicht klagen,
Wie der Vogel im Gesträuch.
Der Vogel, der aus Furcht von Sinnen ist.
Nach meinem Tod sollt ihr bezeugen,
Daß ich tapfer war:
Dann, wenn die Frau – für mich,
Die Frau –,
Gestorben ist
Und wenn der Mann,
Der bald in Ehren steht,
Für jenen Mann gefallen ist,
Dem seine Ehe Unheil brachte:
Zug um Zug, und Mensch für Mensch –
So wird es sein!
Euer Gelöbnis soll die Hochzeitsgabe sein,
Die ihr mir bringt,
Mir, einer Sterbenden.
CHORFÜHRER: Du arme Frau.
Ich habe Mitleid:
Weh! Apoll
Hat dir den Tod gezeigt.
KASSANDRA: Noch einmal will ich sprechen, keine Rede, nur den Grabgesang.

Dich bitte ich, Sonne am Himmel,
Im Angesicht des letzten Lichtes, das mir scheint,
Laß einst die Rächer, die die Mörder töten,
Auch meiner dann gedenken, einer Sklavin,
Die man leicht zu töten glaubte,
Leicht und mühelos.
O Leben der Menschen, wie rasch doch
Wendet ein Schatten das Glück.
Das Unglück aber löscht ein feuchter Schwamm.
Der Name ist getilgt.
Und solch Vergessen schmerzt mich mehr
Als alles auf der Welt.

geht in den Palast

CHOR: Allen Menschen ist gleich
Die Gier nach dem Glück,
Die unersättliche Gier.
Hat einer auch große Paläste
Und Güter, die man ihm neidet,
Nie sagt er zum Glück:
»Genug nun. Nicht mehr.«
Agamemnon, dem Fürsten, gaben die Seligen
Troja zu nehmen.
Gottgeehrt kehrt er nach Hause zurück.
Jetzt aber zahlt er mit eigenem Tod
Für den Tod seiner Gegner.
Und neuen Tod schon, seiner Mörder Tod,
Ruft er herbei.
Wer rühmt sich noch,
Wer, der das hört,
Die Strafe der Götter träfe ihn nie?

Agamemnon schreit im Haus.

AGAMEMNON: Weh mir! Getroffen! Weh! Das Blut!
CHORFÜHRER: Still!!! Wer rief da?
Still! Ein Todesschrei!
AGAMEMNON: O wehe! Weh! Der zweite Schlag! Und noch einmal!
CHORFÜHRER: Das war der König. Horcht! Jetzt ist's geschehen.
Wir müssen uns beraten. Kommt!
1. CHOREUT: Ich schlage vor, sofort das Volk herbeizurufen:
Durch Heroldsrufe! Zum Palast!
2. CHOREUT: Nein! Besser wäre es, wir gingen selber,

Mit gezücktem Schwert, erstürmten den Palast
Und überführten sie.
3. CHOREUT: Das denk ich auch. Wir müssen handeln.
Nur kein Zaudern mehr.
4. CHOREUT: Bedenkt: Dies hier ist Vorspiel.
Bald aber folgt die Tyrannei.
5. CHOREUT: Ja, weil wir zögern. Die aber warten nicht:
Die sind bereit und schlagen zu.
6. CHOREUT: Ich weiß nicht, was ich raten soll.
Abwarten wäre gut. Wer handelt,
Darf nicht tollkühn sein.
7. CHOREUT: Dem stimm ich zu. Doch freilich:
Worte wecken unsern toten König nicht.
8. CHOREUT: Worte! Taten! Hin und her! Ja, sollen wir
Denn gar nichts tun? Ans eigne Leben denken,
Diesen kleinen Rest? Den Herren schöntun,
Die das Haus entehrten?
9. CHOREUT: Nein, das ist unerträglich. Dann doch lieber tot!
Sterben ist nicht die schlimmste Tyrannei,
Wohl aber...
10. CHOREUT: Doch ist das Wehgeschrei ein Zeugnis,
Das mit Sicherheit beweist: Der Mann ist tot?
11. CHOREUT: Erst wenn wir wissen, können wir entscheiden.
Vermutung aber ist von Wissen weit entfernt.
12. CHOREUT: Das denk ich auch. Genau zu wissen,
Wie's um Agamemnon steht: Das ist das Wichtigste.
Wir...

Klytaimestra tritt auf.

KLYTAIMESTRA: Ich weiß, ich habe viel gesagt,
Wie es der Augenblick verlangte.
Jetzt aber sage ich das Gegenteil –
Und keine Scham deshalb!
Wie könnte man den Feinden,
Diesen falschen Freunden,
Feindliches antun,
Wenn nicht durch List,
Durchs Flechten eines Leidensnetzes,
Das zu dicht ist
Und zu hochgespannt,

Als daß ein Fuß
Sich aus dem Hanf
– Dem Fangseil, mein ich –
Je befreien könnte?
Ich habe diesen Kampf von langer Hand bereitet, denn
Ich wußte, daß er kommen würde.
Reif war die Zeit. O, großer Sieg!
Ich hab's getan. Ich leugne es nicht ab.
Mit diesem unermeßlich großen Fischernetz
Hab ich ihn ringsum eingegarnt, mit diesem kostbar-bösen Tuch.
Dann... schlug ich zweimal zu, und zweimal schrie er auf,
Und seine Glieder wurden schlaff, und als er schon gefallen war,
Gab ich ihm einen dritten Stoß, als Dank
Für jene Götter,
Die die Toten schirmen.
Röchelnd schlug er hin und spie den Strahl des Blutes aus
Und traf mich, hier, mit einem roten Tropfen auf der Stirn.
Da hab ich mich gefreut, gefreut wie sich die Saaten freun,
Im Mutterschoß, wenn sie der Segen Gottes trifft.
So ist es nun, ihr Ältesten der Stadt.
Ihr mögt euch freun, wenn ihr euch freuen könnt.
Ich aber jauchze laut.
Bestünde ein Gesetz, den Toten Opferspenden darzubringen...
Dann wär es hier gerecht, ja mehr noch als gerecht wär's hier.
So große Becher, Leidensbecher, hat der Mann
Sein Leben lang gefüllt.
Jetzt trank er selbst davon. Jetzt ist er tot.

CHOR: Du frech-verwegnes Weib,
Mit solchen dreisten Worten wagst du – du! –
Von deinem Mann zu sprechen?

KLYTAIMESTRA: Ich weiß, ihr denkt, ich sei ein Weib voll Unverstand.
Doch sprech ich ohne Zittern, so wie ihr mich kennt, es offen aus:
Das hier ist Agamemnon, mein Gemahl.
Von dieser meiner Hand getötet.
Meisterlich gelang das Werk, und auch gerecht.

CHOR: Was für ein Gift, Weib,
Gift, das die Erde nährt,
Gift, das das Meer erzeugt,

– Todesspeise! Todestrank! –
Nahmst du zu dir?
Verjagen wird dich das Volk,
Verbannt wirst du sein,
Rechtlos, ehrlos, städtelos sein,
Auf immer verflucht.

KLYTAIMESTRA: Jetzt willst du mich verbannen,
Willst die Bürgerflüche auf mich häufen, –
Doch damals hast du nichts getan,
Als Agamemnon meine Tochter opferte,
Wie ein Stück Vieh, die liebste Tochter, Iphigenie,
Die er zum Altar schleifte... und warum?
Damit das Heer mit beßrem Wind nach Troja segelte!
Ihn hast du nicht des Lands verwiesen und
Er brauchte nicht die Schuld zu sühnen.
Mir jedoch bist du ein strenger Richter. Aber drohe nur,
Ich bin bereit, mit dir ins Feld zu ziehn.
Gewinnst du – kannst du herrschen über mich.
Doch siege ich, wirst du im Alter noch
Vernunft dir angewöhnen müssen.

CHOR: Allzu stolz ist dein Herz, Klytaimestra,
Im Übermaß tönt dir dein Mund.
Dein Sinn ist verwirrt durch den Mord.
Über den Brauen noch klebt dir das Blut.
Bald bist du allein. Bald wirst du den Schlag
Mit neuem Schlage büßen.

KLYTAIMESTRA: Sei still und achte wohl auf meinen Schwur.
Bei der Gerechtigkeit, in deren Namen ich
Mein Kind gesühnt, und bei der Rachegöttin, die
Mir half, den Mann zu töten;
Niemals wird die Furcht
Die Stufen des Palasts erklimmen,
Nie, solang Aigisth die Flamme meines Herdes schürt,
Denn stets und immerdar war er mein Freund,
Mein Helfer und mein Schild.
Tot aber ist der Mann hier, der es wagte,
Mit einer Dirne Schimpf mir anzutun.
Tot ist auch sie, Kassandra, seine Beute,
Seine Seherin, die Bettgenossin,
Die auf dem Schiff mit ihm die Planken rieb.

Hier, seht sie an! Jetzt haben sie den Lohn, denn er ist tot,
Und sie hat sich den letzten, ihren Todesgesang gesungen, liegt
Bei ihm, die Hure, die er nahm,
Damit sie meinem Bett als Beigab,
Meiner Lust als Zukost dienen sollte.

CHOR: Weh!
Käme doch der Tod
Ohne Schmerz,
Ohne Krankheit,
Schnell –
Käme,
Niemals endend,
Der Schlaf.
Wehe, der Herr ist tot,
Ein braver Mann,
Den eine Frau
Vertrieb:
Nach Troja,
Ins Feld, in den Krieg,
Der gute Herr,
Den eine zweite Frau
Ermordet hat.

Wehe dir, Helena!
Du ganz allein
Hast die Männer,
So viele Männer
In deinem Wahnwitz
Vor Troja erwürgt
Und dir zuletzt,
Rasende,
Ein rotes Kränzlein geflochten,
Den Reif aus Blut,
Das niemals abzuwischen ist.
Eris, die Zwietracht,
Die den Mann getötet hat,
Fliegt fessellos
Und niemals zu fangen
Durchs Haus.

KLYTAIMESTRA: Still! Nichts vom Tod, sag ich,

So groß dein Schmerz auch ist,
Und nichts von Helena.
Du irrst! Sie war es nicht allein,
Die eure Väter, Männer, Söhne
Hingemordet hat.
Wenn ihr jetzt weint,
Dann hütet euch,
Die Frau zu schmähn *(auf Helena bezogen)*
– Die *Frau!* – *(auf sich bezogen)*
Und keinen sonst!

CHOR: O Dämon, Fluch,
Du sitzt im Haus des Tantalos,
Du herrschst durch Frauenlist,
Zerreißt mir noch das Herz.
Du hockst auf dem Leichnam,
Dem Raben vergleichbar,
Und krächzest schrecklich – jammervolles Leid.

KLYTAIMESTRA: Jetzt endlich hast du recht gesprochen, du,
Da du den Dämon dieses Hauses nennst.
Er war es, der die Mordlust tief im Innern nährt,
Und ist ein altes Leid vorbei, schon spritzt
Der neue Eiter auf.

CHOR: Du nennst ihn auch, den großen Dämon, der
Uns zürnt, den unersättlichen. O wehe!
Weh! Zeus allein verfügt, daß alles dies geschieht.
Was wäre ohne ihn?
Was hat er nicht vorherbestimmt?

CHORFÜHRER: O mein König! Mein Herr!
Wie soll ich dich beweinen? Wo
Kann meine Liebe dich finden?
Im Netz der Spinne gefangen, liegst du, weh,
Im schimpflichen Tod
Die Seele verhauchend.

CHOR: Wehe über das Grabbett des Sklaven,
Die würdelose Gruft:
Der Herr, von Mordlust bezwungen!
Zwiefach geschärft war das Beil.

KLYTAIMESTRA: Du lügst! Nicht mir gehörte diese Tat,
Nicht die Frau Agamemnons
Hat solches vollbracht.

Der Fluch des Hauses
Hat ihn gefällt.
Für die Kinder
Gab er sein Leben dahin.
Der Spuk,
Der alte Spuk aus Tantalos' Zeiten,
Hat mir mein Bildnis geraubt:
Mein Schatten war es,
Nicht ich selbst:
Atreus' Fluchgeist ist es gewesen,
Der, eingedenk des Kindermahls,
Den Mann geopfert hat –
Meinen Gemahl!

CHOR: Wer, Frau,
Wer wird dir bezeugen,
Daß du schuldlos seist
An diesem Mord –
Wer – wenn nicht der Vater,
Dessen Fluch dich trieb!
Weh uns! Du schwarzer Tod,
Hades,
Mord türmst du auf Mord:
Blutschuld, Kinderfraß
Und roten Tau
Und fort und fort!

CHORFÜHRER: O mein König! Mein Herr!
Wie soll ich dich beweinen? Wo
Kann meine Liebe dich finden?
Im Netz der Spinne gefangen
Liegst du, weh,
Im schimpflichen Tod
Die Seele verhauchend.

CHOR: Wehe über das Grabbett des Sklaven,
Die würdelose Gruft:
Der Herr, von Mordlust bezwungen.
Zwiefach geschärft war das Beil.

KLYTAIMESTRA: Er war gerecht, sag ich, der Mord:
Von Angesicht zu Angesicht.
Er selbst ja, Agamemnon,

Hat mir *heimlich* nicht
Die rote Schuld ins Haus geschleppt:
List, die nach Blut verlangt!
O nein, vor allem Volk erschlug er Iphigenie,
Mein Kind, das ich von ihm empfing
Und das ich nun beweinen muß.
Die Tat, sagt ihr, war gut?
Dann war es auch der Mord,
Und Agamemnon soll im Hades
Sich nicht seiner Taten rühmen,
Denn der Schwertstreich
Traf ihn ganz zu recht.

CHOR: Ratlos bin ich, sorgenvoll
Und ganz von Sinnen.
Das Haus, es stürzt,
Bald kommt der blutige Regen.
Schon fallen die Tropfen.
Warte, schon birst der Palast.
Zu neuem Unglück und auf neuem Stein
Wetzt sich das Schicksal das Messer.

CHORFÜHRER: O Erde, Erde,
Warum nahmst du ihn nicht,
Bevor ich ihn sah
Im silbernen Schrein?
Wer wird ihn begraben?
Wer wird ihn beweinen?

auf ein Zeichen Klytaimestras hin

Du Klytaimestra?
Du willst einem Mann,
Den du erschlagen hast,
Das Totenfest richten?
Du wagst es,
Mörderin,
Ihn, den Ruhmgekrönten,
Zu beleidigen –
Wagst es,
Mit liebloser Liebe
Die Mordtat zu schminken?

CHOR: Wer also wird,

Unter Tränen,
Dem gottgleichen Mann
Das Totenlied singen?
Wer wird ihn,
Zum Grabmal,
Begleiten?

KLYTAIMESTRA: Das ist *mein* Geschäft!
Hörst du? Meins ganz allein.
Durch meinen Schlag ist er gefallen.
Ich habe ihn getötet
Und ich will ihn auch begraben.
Ihr nicht!
Nur Iphigenie,
Die Tochter,
Wird dem Vater,
Wie es sich gebührt,
Zum Acheron entgegengehn,
Dem Seufzerstrom.
»Komm mit«, wird sie sagen,
»Über den Fluß. Ich will dich begleiten.«
Und wird ihn umarmen,
Sehr sanft,
Und ihn küssen.

CHOR: Fluch steht hier gegen Fluch,
Wer schlug, wird geschlagen
Und wer gemordet hat, fällt.
Auf Gottes Thron stehn alte Gesetze:
Wer handelt, leidet auch. So ist es recht.
Wer aber reißt den Samen des Fluchs aus dem Haus?
Vergebens! Frevelhaft ist das Geschlecht.

KLYTAIMESTRA: Das hast du gut gesagt.
Der Spruch trifft zu,
Und darum will ich jetzt
Den Fluch des Pleisthenes-Geschlechts
Mit einem Pakt beschwichtigen.
Er habe nun genug und wende weiter sich,
Aus diesem Haus, zu einem anderen Geschlecht!
Auf vieles möcht ich gern verzichten, wenn
Ich nur den Mord und Wahnsinn, fort von hier, vertreiben könnte.

AIGISTH *(tritt auf mit bewaffnetem Gefolge)*:
Du klares Licht des Tages, der das Recht gebracht,
Heut blicken Rachegötter hoch von oben auf der Menschen Leid,
Und sehn im Netz des Todes diesen Mann hier liegen,
Sehr erfreulich mir – gebüßt hat er die Frevel,
Die sein Vater einst verübte.
Atreus, dieses Landes Herr,
Hat seinen Bruder, *meinen* Vater, den Thyest,
Der mit ihm um die Krone stritt,
Aus Land und Stadt vertrieben.
Doch Thyestes kam zurück und flehte am Altar,
Daß Atreus nicht mit brüderlichem Blut
Das Land beflecken möge.
Atreus, Agamemnons Vater, wie ihr wißt,
Versprach's und schickte Gastgeschenke,
Aber... was für Gastgeschenke wohl?
Ein Opferschmaus fand statt, bei dem er meinem Vater dann
Das Fleisch der eigenen Kinder reichte. Weh!
Die Finger und die Zehen mischte er mit anderm Fleisch.
Mein Vater aß davon.
Als er die jammervolle Tat erkannte, schrie er auf,
Sank rückwärts, spie die Brocken aus dem Mund
Und brülle laut: »So geh zugrund
Das ganze Pleisthenes-Geschlecht!«
Sein Spruch ist jetzt erfüllt.
Denn tot ist Agamemnon, und mit Recht
Hab ich den Mord gewebt.
Von fern schon zielte ich auf diesen Mann
Und spann mit allen Künsten ihm das Netz,
Aus dem er nicht entweichen konnte.

CHOR: O wie verachte ich dich doch, Aigisth,
Weil du dich deiner bösen Tat noch rühmst.
Mit *Vorsatz* also wurde das Verbrechen ausgeführt?
Allein ersannst du solche frevelhafte Tat?
Dann merke dir, daß du in dieser Stadt
Dem Fluch so wenig wie der Steinigung entgehst.

AIGISTH: Du drohst mir, du, ein Wicht, der nichts zu sagen hat?
So spricht der Ruderknecht, so der Galeerensträfling,
mit dem Steuermann?

Mir scheint, du wirst, alt wie du bist, noch Lehrgeld zahlen müssen. –
Nun, der Hunger und die Fesseln
Sind die besten Ärzte, die es gibt:
Du sollst sie kennenlernen.
Ich rate dir, nicht allzu laut zu sein.
Ein Wort von mir genügt, damit du schreist!
CHOR: Du Weib, du bliebst daheim; du Ehebrecher
Hast sein Bett geschändet, harrtest müßig, daß
Die Männer aus der Schlacht nach Hause kämen,
Hattest weiter nichts im Sinn als Mord.
AIGISTH: Auch dieses Wort gereut dich bald!
Nein wirklich! Orpheus' Leier kennst du nicht.
Der führte, durch den Zauber seiner Stimme,
Jedermann zur Seligkeit.
Du aber *wirst* geführt –
Und zwar durch kindisches Gekeife:
Du! Ein Empörer, der ans Bellen glaubt!
Du wirst bald kuschen, Hund,
Und meine Peitsche spüren!
CHORFÜHRER: Und *du* willst Herr in Argos sein?
Und hast noch nicht einmal gewagt,
Die Tat, die du ersannst,
Auch selber auszuführen?
AIGISTH: List ist Frauensache.
Ich, sein Feind von altersher,
War zu verdächtig.
Jetzt jedoch bin ich der Herr
Und will es bleiben:
Denn sein Geld gehört nun mir.
Und wer mir nicht gehorcht,
Den schirr ich unters Joch:
Der ist kein Fohlen,
Das der Hafer sticht.
Der läuft nicht frei herum.
Den sperr ich ein,
Bis ihn der Hunger,
Der Gefängniskoch,
Gefügig macht.

CHORFÜHRER: Warum, du feige Seele, hast du ihn
Nicht selbst getötet?
Warum hat es das Weib, für dich,
Getan: die Schande dieses Lands –
Den Göttern so abscheulich
Wie dem Volk?
Ich sage euch:
Seid vorsichtig. Die Sonne
Schaut noch auf Orest.
Er kommt zurück
– Steht ihm zur Seite, Götter im Olymp! –
Und tötet euch!
AIGISTH: Schweig endlich still! Sind das hier Wünsche,
Die man seinem Herrscher bringt?
Gleich wirst du sehen! Kommt!
Auf Krieger! Geht ans Werk!
CHORFÜHRER: Hier ist das Schwert: Wir sind bereit.
AIGISTH: Nun gut. Ich ziehe mit. Und wenn ich sterben sollte...
CHORFÜHRER: Sterben, ja! Das wirst du allerdings.
Kommt Männer! Packen wir's.
KLYTAIMESTRA: Aigisth! Ich bitte dich:
Laß uns nicht neue Leiden bringen.
Allzu reich ja ist die
Ernte schon – das Korn voll Blut.
Kommt, geht nach Hause, Männer,
Ehe es ein neues Unheil gibt.
Die Tat war nötig.
Doch, sie war's!
Wir hatten keine andre Wahl.
Jetzt aber, da der Krug geleert ist,
Woll'n wir freundlich sein.
Auch uns, vergeßt das nicht,
Hat Daimon, der Fluchgeist,
Mit seinen Hufen,
Den schweren Tatzen,
Getroffen.
Wenn ihr den Herrn nicht hören wollt,
Dann hört auf mich, die Frau,
Und wißt: Ich rate gut.

AIGISTH: So sollen ungestraft mir ihre frechen Reden bleiben?
Sie sollen ihren Herrn verhöhnen
Und die Götter lästern dürfen?
CHORFÜHRER: Es ist nicht unsre Art, den Feigling zu umschmeicheln.
AIGISTH: Dann wartet nur: Ich bleibe hier,
Sehr lange,
Eines Tages werdet ihr mir büßen müssen.
CHORFÜHRER: Nie! Vergiß nicht: Da ist jemand,
Dem ein Gott den Weg nach Hause zeigen wird:
Orest!
AIGISTH: Ich weiß. Die Hoffnung, sagt man,
Ist für den Verbannten – Brot.
Er hofft umsonst, der Mann.
Ihr auch.
CHORFÜHRER: Nur immer zu! Befleck das Recht und mäste dich.
Es steht dir frei.
AIGISTH: Das dritte Wort, das du mir büßen wirst.
CHORFÜHRER: Spreiz dich, so viel du willst:
Ein Hahn, der hier bei einer Henne gluckt.
KLYTAIMESTRA: Komm, lassen wir sie keifen. Kümmere dich nicht um sie!
Wir beide, ich und du,
Werden das Haus
Schon zu versorgen wissen.
Und dann wird Ordnung sein.

Die Choephoren

Personen:

Orest
Elektra
Klytaimestra
Aigisth
Kilissa (Amme des Orest)
Chor
Chorführerin
Wächter
Pförtner

Orest steht betend vor Agamemnons Grabhügel.

OREST: O Hermes in der Tiefe, Totengott!
Hüter des väterlichen Schattenthrons!
Ich fleh dich an: Steh du mir bei und rette mich!
Denn ich bin heimgekehrt. Heim in mein Land.
Am Rand des Grabmals rufe ich dir zu:
Hör mich! Ich rede, Vater! Sieh mich an!
Dein Kind ist heimgekehrt: Orest,
Der auf Apolls Befehl nach Argos kam,
Um Agamemnon zu entsühnen.
Diese Locke, hier, von meinem Haupt,
Will ich dir weihn: sehr spät;
Denn als du starbst
Und als die Totenklage schrie
Und als die Hände nach der Bahre tasteten:
Da, Vater, war ich in der Fremde.
Kein Sohn schritt mit im Trauerzug.
So nimm denn heute meine Gabe an,
Das abgeschnittne Haar, von Sand und Gras gefärbt. –
Doch was ist das? Die schwarzen Kleider!
Unglücksmäntel nähern sich: Ein Zug von Frauen offenbar.
Vielleicht ein neues Mißgeschick? Das alte noch?
Gilt es den Vater zu besänftigen?
Opfer und Spenden zu bereiten?
Ja, ganz deutlich ist es jetzt. Da geht Elektra.
Ich erkenn sie gut: an ihrem Schmerz.
O Zeus, laß mich den Tod des Vaters rächen,
Hilf mir bei der Tat!
Orest verbirgt sich. Der Chor, in Trauerkleidung, tritt mit Elektra ein.

CHOR: Das Haus hat uns geschickt,
Wir gehen zum Grab
Und geleiten das Opfer.
Flinke Hand, dumpfes Getön,
Spendengeleitend.
Rot zerfetzt leuchtet die Wange,
Im frischen Schnitt, nagelzerrissen!
Wehe! Die Furche des Bluts!
Und das Herz:
Von Schmerzen genährt.
Die Kleider verschmutzt.
Flatternde Fetzen. Trauergewänder.
Das Brusttuch zerrissen!

Durchbohrend der Schrei,
Ihr Wehgesang!
Traumtief und hell,
Schlafmordend springt sie,
Die mitternächtliche Angst,
Mit gesträubtem Haar,
Tief aus dem Innern des Hauses,
Taumelnd ins Mägdegemach!
Und die Traumdeuter wissen Genaues
Und sagen: »Die Toten erheben sich
Gegen die Mörder.«

O gottverhaßtes Weib!
Du, deren Namen ich nicht nennen mag!
Lieblose Liebe bringt sie dir,
Mutter tief in der Erde,
Schickt mich ans Grab!
Doch wo Blut floß,
Gibt es nicht Sühnung:
O unseliger Herd!
Haus, das zum Grab geworden ist!
Denn Nacht herrscht,
Seit die Sonne unterging,
Und tiefe Finsternis,
Da Agamemnon starb.
Ein Schatten verhüllt den Palast.

Ehrfurcht,
Unbesiegbar,
Unbekämpfbar
Tief drinnen im Herzen des Volks –
Fern ist sie jetzt.
Gerechtigkeit aber:
Alles wendend
Ereilt sie den einen,
Rasch packend,
Am Mittag,
Den andern,
In der Dämmerung wartend,
Am Abend,
Den dritten
Irgendwann in der Nacht.

Mordblut,
Von der nährenden Erde getrunken,
Gerinnt.
Unlöschbar die Schuld!
Und nirgendwo Hilfe!

Nicht für den Schandknecht,
Den Räuber der Keuschheit,
Im Frauengemach.
Nicht für den Mörder!
Vergeblich
Flössen die Wasser der Welt,
Vereint zu einem einzigen Strom:
Nicht wüschen sie
Das Mordblut ab!

Mich aber, mit meiner Stadt,
Trieben die Götter ins Elend,
Aus dem Vaterhaus
In die Knechtschaft.
Und dennoch muß ich,
Den Haß und, drinnen im Herzen,
Den Aufstand besiegend,
Die Fürsten preisen,

Was immer sie tun:
Recht oder Unrecht.
Nur unterm Schleier,
Verborgen,
Weine ich
Um das Elendslos Agamemnons,
Und mein Herz wird starr.

ELEKTRA: Ihr Frauen, Mägde, die ihr treu im Hause dient
Und mich auf meinem Opfergang begleitet,
Ratet mir: Was soll ich sagen,
Wenn ich diesen Trank vergieße?
Und mit welchem Wort – er könnte zornig werden! –
Rede ich den Vater an?
Soll ich ihm sagen, dieses Opfer
Schickte ihm die liebe Frau
– Schickt Klytaimestra! –
Ihrem lieben Mann?
Dazu fehlt mir der Mut.
Die Zunge bräche,
Und die Hand,
Mit ihrer Opfergabe,
Bliebe starr.
Ich sagte lieber, wie der alte Brauch es will,
Er möge ihre Opfer sehr gerecht entgelten:
Schlag für Schlag und Freveltat für Freveltat!
Denn darf ich schweigen?
Stumm sein: wie mein Vater, als er starb?
Soll ich das Wasser schmählich auf die Erde gießen?
Weh, die Urne von mir werfen, abgewandten Blicks,
So wie man Abfall fortwirft,
Und dann wieder gehen,
Ohne noch zurückzuschaun?
Helft mir, Freunde,
Denn der gleiche Haß
Hat uns geschwisterlich ernährt.
Verbergt mir nicht
Und habt vor keinem Angst.
Das Unglück wartet auf den freien Mann
So gut wie auf den Sklaven,

Der von fremder Hand geknechtet wird.
Und darum rede, wenn du klüger bist als ich!
CHORFÜHRERIN: Ich will dir Antwort stehn:
Wie du befiehlst.
Das Grab des Vaters ist für mich –
Altar!
ELEKTRA: Dann rede, wie es dem Altar gebührt.
CHORFÜHRERIN: Erflehe, wenn du opferst, Segen!
Für die Freunde – meine ich.
ELEKTRA: Freunde? Wen zähle ich dazu?
CHORFÜHRERIN: Zuerst dich selbst. Dann jeden, der Aigisthos haßt.
ELEKTRA: So bete ich für dich und mich allein?
CHORFÜHRERIN: Leg's aus ganz wie du magst. Du weißt Bescheid.
ELEKTRA: Wen füg ich noch hinzu? Die Schar ist klein!
CHORFÜHRERIN: Denk an Orest, auch wenn er in der Fremde lebt.
ELEKTRA: Hab Dank, er ist mein bester Freund. Der einzige.
CHORFÜHRERIN: Und nun gedenk der Schuldigen!
Der Mörder! Hörst du?
ELEKTRA: Aber wie? Sag mir das Wort! Du bist erfahrener als ich.
CHORFÜHRERIN: Dann sprich: »Ein Rächer komme über euch – ein Mensch, ein Dämon – wer's auch sei.«
ELEKTRA: Ein Richter? Einer, der den Vater rächen wird?
CHORFÜHRERIN: Sag kurz und schlicht: »Es komme einer,
Der den Mord mit Mord vergilt.«
ELEKTRA: Doch heißt das beten:Rache zu erflehn?
CHORFÜHRERIN: *Rache?* Der Feind soll *büßen*. Darum beten wir!
ELEKTRA: Du! Toten-Hermes, Flügelbote zwischen Tag und Nacht,
Wecke die dunklen Götter auf
Und laß sie meine Bitten hören.
Wecke die Totenwächter meines Vaters,
Weck die Erde auf, die allgebärende und allesnährende:
Was ihr entwächst, holt sie zurück
Zu neuem Samen, neuem Keim.
So gieße ich die Krüge nun dem Toten aus
Und flehe meinen Vater, Agamemnon, an:
Erbarme dich und laß das Licht, das von Orest
Kommt, wieder leuchten. Sieh, verarmt und elend
Wandern wir umher,
Verkauft hat unsre Mutter uns,

Verkauft sich selber an Aigisthos, ihren zweiten Mann,
Der schuldig ist – wie sie! – an deinem Tod.
Wie eine Magd werd ich gehalten, und Orest
Hat man aus seinem Erbe fortgejagt.
Doch sie... sie schlemmen, schwelgen und verprassen,
Was du mit vieler Mühe einst erwarbst.
Mein Vater! Gib Orest in meine Hand
Und laß mich anders als die Mutter sein:
Besonnen, rein und ohne Falsch.
Mitten im Segen, Hermes,
Rufe ich den Fluch auf sie herab:
Du mußt sie richten!
Mußt!
Uns aber, Allgeleiter, Totengott,
Bringe den Segen
Mit den Göttern
Und der Erde drunten
Und dem Recht, das Sieg verheißt.
So bete ich und gieße, jetzt,
Die Totenspende auf dein Grab.
Ihr aber stimmt, wie es der Brauch befiehlt,
Den Reigen an,
Das Wehgeschrei,
Singt Agamemnons Totenlied!

CHOR: Schreit!
Und laßt die Flut, die Trauerflut der Tränen rinnen:
Dem Totenfürsten,
Dem Herrn!
Schreit
Am Grenzwall, am Grab,
Wo Gutes und Böses sich trennt!
Betet! Schreit laut!
Schreit, damit der Ruf
Uns vorm Schuldfluch
Der lieblosen Spende
Bewahrt.
Schreit lauter,
Auf daß euer Mund widerruft,
Was zu tun

Der Hand befohlen ist.
Höre, Herr!
Großer König, hör mich an.
Höre den Schrei:
Weh, blindblinde Seele, ototoi, ototoi!
Wer wird es befreien, das Haus,
Wer, mit dem Speer in der Hand
Oder dem Skythengeschoß,
Wer wird, wie Ares, der Kriegsgott,
Im Nahkampf, Schwert gegen Schwert,
Mann gegen Mann,
Die Waffen meistern,
Bogen und Pfeil,
Schneide und Griff?

ELEKTRA: Jetzt, Vater, hast du deinen Gruß. Die Erde trank ihn aus.
Die Erde, die... Da? Was ist das?

CHORFÜHRERIN: So sprich doch! Rasch! Ich habe Angst!

ELEKTRA: Ich sehe eine Locke auf dem Grab. Hier! Abgeschnitten!

CHORFÜHRERIN: Ein Haar? Von einem Mann? Von einer Frau?

ELEKTRA: Ein Rätsel, ja. Doch leicht zu deuten.

CHORFÜHRERIN: Dann lös es mir. Du bist die Ältere.

ELEKTRA: Wer außer mir könnte die Locke...

CHORFÜHRERIN: Da hast du recht: Die Feinde trauern nicht.

ELEKTRA: Sie ist ganz ähnlich...

CHORFÜHRERIN: Wessen Haar? Du glaubst...

ELEKTRA: Ja. *Meinem Haar.* Sieh hin!

CHORFÜHRERIN: Dann könnte nur Orest... Ein Opfer? Heimlich dargebracht?

ELEKTRA: Es ist *sein* Haar.

CHORFÜHRERIN: Wie aber hätte er gewagt?...

ELEKTRA: Er schnitt die Locke ab, das ist gewiß: »Dir, Vater, bin ich nah«.
Doch ob er selbst...

CHORFÜHRERIN: Und wenn's ein andrer tat? Wenn er selbst nie mehr
Dies Land betreten wird?

ELEKTRA: Wie schwarze Gischt ist das!
Ein Tosen rings ums Herz!
Wie ein Geschoß,
Das dich durchbohrt!

Und aus den Augen stürzen,
Wie das Eismeer, das sich durstig weiterfrißt,
Die Tränen, wild und hemmungslos!
Die Locke, Mägde, hier, das ist sein Haar!
Wie konnt ich glauben, daß ein anderer,
Ein Bürger, der... nein, das *ist* seins!
Und nicht das Haar der Mörderin.
Die Mutter? Mutter! Stiefmutter!
Nicht einmal das! Die Gottlose,
Die schnitt das Haar nicht ab.
Doch kann ich sicher sein,
Kann ich *behaupten,* dieser Schmuck
Sei von dem Liebsten, das ich habe,
Von Orest?
Nein, das mag ich nicht – jedoch:
Wie zart die Hoffnung winken kann.
O hätte sie die Klarheit und den hellen Klang
Des Heroldrufs, der keinen Zweifel kennt.
Dann gäb's kein »so« und »wieder so«.
Das eine freilich weiß ich gut:
Ausspucken würd ich sie,
Wenn sie vom Schädel eines Feindes wäre!
Wegwerfen!
Ein Freund jedoch –
Der dürfte mit mir trauern
Und das Grab zu Vaters Ehren schmücken,
Hier, mit diesem Gruß.
Und darum rufe ich die Götter an,
Die Alleswissenden –

zu den Mägden

Ihr, betet mit! –:
In welchem Sturm sind wir!
Seeleute auf den Meeren,
Hin und her gepeitscht.
Ihr Götter! Kommt und rettet uns!
Wenn ihr nur wolltet, gäb es Sicherheit,
Aus Schutt und Trümmern wüchse neu das Haus!
Doch da! Ein zweites Zeichen.
Sieh! Die Spur von Füßen,

Die genau wie meine sind:
prüft die Spur
Die Sohle, hier. Die Ferse: so.
Schaut! Das *ist* meine Spur!
O Zeus, mir schwindelt, und ich habe Angst.
OREST: Bitte die Götter, daß sie auch in Zukunft
Dein Gebet erhören. So wie jetzt.
ELEKTRA: Wie jetzt? *Was* hätten sie erhört?
OREST: Du siehst vor Augen, was du dir ersehnt hast, Frau.
ELEKTRA: Dann weißt du also – weißt es wirklich? –, wen ich rief?
OREST: Ich weiß, du sprachst oft von Orest,
Und... du bewunderst ihn.
ELEKTRA: Doch mein Gebet: Warum, sagst du, erfüllt es sich?
OREST: Um meinetwillen, Schwester.
Ich, Elektra, bin Orest.
ELEKTRA: Orest? Das ist nicht wahr!
Du willst mich überlisten, fremder Mann.
OREST: Dann überliste ich mich selbst: durch eignen Trug umgarnt!
ELEKTRA: Du lachst mich aus!
OREST: Und mich dazu! Denn deine Not
Und meine Not sind... eins!
ELEKTRA: Du bist es wirklich? Bist... Orest?
OREST: Erkennst mich nicht, wo du mich siehst?
Und *hast* mich doch erkannt,
Als du das Zeichen sahst,
Mein Trauerhaar,
Und als du deinen Schritt
Mit meinem Schritt verglichst.
Da sprangst du auf
Und glaubtest mich zu sehn.
Schau her: die Locke.
Schnitt an Schnitt mit meinem Haar.
Und das Gewand! Kennst du's nicht mehr?
Du hast es selbst gewebt!
Das Zeichen hier! Das Weberschiff!
Die eingestickten Bilder! Tiere!
Nun? Erkennst du sie?
ELEKTRA: Orest! Du! Liebste Sorge für das väterliche Haus.
Beweint von allen und, als Hoffnung neuen Glücks,

Ersehnt!
Gewinne dir dein Haus zurück! Sei stark!
Du liebes Herz, mein Bruder, vierfach mir verwandt:
Denn Vater nenn ich dich zurecht, weil
Agamemnon starb.
Und auch die Mutterliebe kommt dir zu
– Nicht Klytaimestra, die ist mir verhaßt!
Du bist für mich die Schwester,
Die geopfert worden ist,
Und bist der Bruder,
Der mir meine Ehre wiedergibt.
Ich selbst jedoch? Was habe ich?
Macht! Steh mir bei! Ich brauche dich!
Und Recht! Und, größer als die beiden, Zeus!
Hilf mir, Gott!

Orest: Ja, Zeus, schau du herab!
Sieh unser Leben an,
Und dann die Tat,
Die vor mir liegt.
Zeus! Sieh die Kinder an,
Des großen Adlers Tochter
Und den Sohn,
Die Kinder jenes Riesenvogels,
Der im Netz der Schlange starb:
Die Waisenkinder, die der Hunger quält,
Denn ihre kleinen Schwingen sind zu zart,
Die Last der väterlichen Beute bis ins Nest zu tragen.
Erbärmlich sind wir anzuschauen, ein Geschwisterpaar,
Dem man den Vater nahm, und mit dem Vater auch das Haus:
Verstoßen sind wir und verbannt.
Er aber, Agamemnon, ehrte dich und opferte.
Bedenk, wenn du uns tötest, Zeus:
Wer wird die Hände noch zum Himmel strecken?
Wer wird dich rufen, deinen Zeichen glauben,
Wenn du das Geschlecht des Adlers,
Der dein Bote ist, von dieser Erde tilgst?
Das Atreus-Haus stirbt aus, kein Opferbrand mehr,
Und kein Tier auf dem Altar.
Darum sei hilfreich, Zeus, und richte uns,

Die Tiefgefallenen, empor!
CHORFÜHRERIN: Schweigt, Kinder!
Still! Retter des väterlichen Herds,
Ich bitte euch: Seid vorsichtig,
Damit kein Lauscher euch ertappt –
Ein Schwätzer, der's den Fürsten hinterbringt –
Der Herrschaft, die in Pech und Qualm verenden möge.
Ja! Im Brand verkohlt: Dann jauchzte ich!
OREST: Sei unbesorgt. Apollon wird mich nicht verraten.
Er war es ja,
Der mir mit machtvoll-großem Spruch
Das Wagnis abverlangte. Die Gefahr!
Er rief mich auf,
Drohte dem Herzen,
Das in Flammen stand,
Eiskalte Qualen an,
Wenn ich die Täter,
Agamemnons Mörder,
Nicht mit gleicher Münze zahlte,
Die sie selbst benutzten:
Mord will Mord!
Jedoch wenn ich mich weigerte,
Dann, rief er, müßte ich,
Von Strafen wie ein Stier gehetzt,
Von Peitschenhieben,
Nicht allein mit Leibesnot,
Nein, mit dem nackten Leben büßend,
Leiden dulden, die kein Sterblicher ertragen kann.
Was Tote planen, in der Unterwelt,
Und was den Menschen droht, die noch am Leben sind –
Apollon zählte auf:
Den Aussatz, der mit wildem Biß
Das Fleisch zernagt,
Die Haare grau und schlaff die Glieder macht,
Und dann die Träume!
Die Erinyen,
Im väterlichen Blut gekeimt,
Sehr deutlich sichtbar,
Mitten in der Nacht!

Der sieht sie deutlich,
Dem die Braue zittert,
Weil er nicht mehr schlafen kann:
Den Pfeil erwartend,
Den der Tote drunten
Schwirren läßt.
Der Wahnsinn und die Furcht,
Die in der Nacht geboren ist:
Sie hetzen dich
Und treiben dich
Mit Eisenpeitschen durch die Stadt.
Sie quälen dich
Und martern dich,
Bis du dann eines Tags,
Entehrt und friedlos,
Einsam, ausgedörrt und matt,
Vom Opfer ausgeschlossen,
Ohne Heimat, vom Altar getrennt,
Dem Zorn des Vaters
Eine leichte Beute wirst.
Und diesem Spruch, der schlimmen Prophetie,
Kommt Glauben zu.
Aber gesetzt, ich glaubt' es nicht:
Ich müßt' es dennoch tun.
Denn vielfach sind die Winke, die mich treiben –
Und genau zum gleichen Ziel!
Der Rat Apolls zuallererst,
Zum zweiten dann des Vaters großes Leid.
Die eigne Armut des Verbannten auch:
Dies alles, Frauen, läßt es mich nicht dulden,
Daß die Bürger, die berühmtesten der Menschen:
Trojas Sieger, diesen beiden... Weibern untertänig sind.
Ließ ich es länger zu: Ich wäre selbst ein Weib.
Aber das bin ich nicht!

Orest und Elektra treten zum Grabhügel.

CHORFÜHRERIN: Jetzt, ihr gewaltigen Moiren,
Bringt ihn zum Ziel,
Den Willen des Zeus!
Geht voran auf dem Weg,

Den Dike bestimmt,
Die Gerechtigkeit,
Wenn sie die Schulden eintreibt
Und zu reden anhebt:
»Den Worten des Hasses
Antworten wieder
Worte voll Haß.«
»Dem Schlag des Mörders
Folgt sühnend ein zweiter
– Ein tödlicher! – Schlag.«
»Wer tut, der muß leiden.«
So will es der dreifache, uralte Spruch.

OREST: Vater, unseliger Vater,
Welcher Ruf,
Welche Tat
Wird dich finden,
Fern in der Nacht,
Die dich, geschieden vom Licht,
Im Totenbett birgt,
Tief drunten, wo allein der Lobgesang
– »Ruhmreich, Atriden, seid ihr gewesen« –
Den Toten ein Trost ist?

CHOR: Nicht durch das Feuer,
Seinen roten Mund,
Seine flammenden Zähne,
Wird, Kind,
Das Herz des Toten zerstört,
Nicht seine Gedanken,
Nicht – ewig wachend! – sein Zorn.
Ein einziger Klageschrei
Ruft,
Frommes Gebet,
Den Toten herbei,
Dieser Ruf,
Der, all der Väter, all der Ahnen gedenkend,
Eher nicht ruht,
Bis er sein Ziel gefunden hat.
»Aufrührer« nenne ich darum den Totengesang!

ELEKTRA: Vater! Hör die tränengeflochtene Klage,

Den Wechselgesang deiner Kinder.
Flüchtlinge sind sie,
Und nur dein Grab
Nimmt uns auf:
Das kleine Licht
In tiefer Dunkelheit.
Nacht, Vater, ist es geworden.

CHORFÜHRERIN: Doch kann ein Gott,
Wenn er uns gnädig ist,
Den Klagegesang zum Jubellied wenden.
Nichts mehr vom Grab und nichts vom Tod!
Ein Páian – Freude und Lust! –
Erwartet bald
Den Heimgekehrten im Palast.

OREST: Ach, Vater,
Wärst du doch, vom Speer des Feindes durchbohrt,
Vor Troja gefallen!
Dem Haus zur Ehre
Und den Kindern auch!
Wie hätte man auf uns geschaut:
Da, seht die beiden an!
Ihr Weg: so wohl gebahnt!
Hoch getürmt, Vater, über dem Meer,
Hätte dein Grabmal gestanden
Und wäre Trost gewesen
Für alle!

CHOR: Er *ist* bei ihnen, Kind.
Ein Freund unter Freunden,
So ragt der gewaltige Mann
Inmitten der Gefallenen:
Erhaben und groß,
Von Schatten umgeben,
Die Könige gewesen sind!
Er, mit dem Szepter in der Hand,
Der selbst ein König war.
Und ist so elend gestorben!

ELEKTRA: Nein, nicht vor Troja, Vater,
Nah bei den Mauern gefällt
Solltest du ruhen,

Speerbezwungen
Unter deinem Volk
Nah am Skamander.
Die Mörder!
Sie müßten dort liegen!
Denkt! Ein Gerücht würde dann sein,
Ein fernes Gerede,
Und was hier geschah,
Wüßte niemand genau.

CHORFÜHRERIN: Ein schöner Traum, Elektra.
Goldener als Gold
Und leuchtender als Glück
Wäre das wohl:
Träfe ein, was du sagst.
Aber Träume, Kind,
Sind zerbrechlich
Und deiner ist's zwiefach.
Die Helfer – da! der erste Hieb! – sind tot.
Die Herrscher aber – jetzt der zweite Schlag! –:
Die leben
Und sie beten mit befleckter Hand
Und sind verflucht:
Dem Toten hassenswert und euch noch mehr!

OREST: Verhaßt! Verhaßt!
Wie ein Pfeil,
Ein Geschoß,
Trifft mich dein Wort.
O Zeus! Zeus!
Führ aus der Tiefe
Die Göttin zum Licht,
Die Rachegöttin,
Die den frechen Mördern zeigt,
Daß Frevel nicht verjährt
Und Blut nicht verblaßt.
Allzu dreist, Mutter,
Bist du gewesen.

CHOR: Jubeln möchte ich,
Beim Fackelglanz singen
Und deine Bahre umtanzen,

Aigisth!
Jauchzen möchte ich,
Wenn sie tot ist,
Die Frau!
Wozu verbergen,
Was ins Freie will?
Hoch fliegt mein Sinn,
Brüllt, vorn am Bug,
Der Wutsturm des Herzens,
Und der Haß stürmt
Windgepeitscht
Voraus!

ELEKTRA: Die Hände, Zeus,
Deine Hände,
Wie Messer werden sie sein,
Die ihnen den Schädel zerspalten.
O großer Tod,
Du Bürge,
Der verläßlich ist.
Sie taten Unrecht:
Ich bekomme Recht!
Hörst du, Erde?
Götter der Tiefe,
Hört: Ich rufe euch.

CHORFÜHRERIN: Blut,
Dies ist Gesetz,
Blut,
Zur Erde strömend,
Fordert neues Blut.
Und Tod will Tod.
Und Schuld zwingt Schuld herbei.
Die Erinyen wachen:
Alter Mord,
Neuer Mord,
Niemals ein Ende

OREST: Weh! Wehe! Ihr im Totenreich!
Seht doch, ihr Geisterfürsten,
Seht, wie ganz verloren ist,
Was übrig blieb

Von Argos' Haus.
Denn wir sind ehrlos,
Fortgejagt aus unserm Land.
Wohin, Zeus, Vater, wird er gehen,
Der Weg?

CHOR: O Jammer, O bittere Not,
In Angst tanzt mein Herz,
Taumelt im Dunkel, und nirgendwo Rettung.
Nirgendwo?
Du lebst, Orest!
Du bist stark!
Wenn ich dich anschau,
Ist die Angst auf einmal klein
Und Zuversicht vertreibt das Leid
Und es wird hell um mich.

ELEKTRA: Wie könnte ich's sagen, Vater,
Daß du verstehst:
Begreifst,
Was wir erduldeten
Von ihr, die uns gebar,
Der Schmeichlerin,
Die mich mit sanftem Wort
Zu kirren meint:
Mich, die wie sie ist –
Mich, den Wolf, der Blut will.
Das hat sie aus mir gemacht!

CHOR: Wie Klageweiber,
– Perserinnen! –
Klatschend und prasselnd
Schlugen wir den Takt
Und schrien auf,
Die Faust zum Kopf,
Zum Schoß,
Und wieder hoch,
Und abermals!
Wie schmerzten die Finger,
Wie dröhnte der Schädel
Vom niemals endenden,
Blutigen Wirbel

Der Arme!
ELEKTRA: Weh! Wehe! Du hast es gewagt,
Mutter,
Frech-Verwegene!
Wie einen Hund
Hast du ihn begraben.
Ohne Geleit,
Verscharrt,
Von keinem beweint,
Liegt er da drunten.
OREST: Wie ein Mann ohne Ehre,
Hast du gesagt,
Sei er gestorben.
Das wirst du büßen müssen, Mutter,
Denn die Götter wollen es.
Ich will es auch
Und bin bereit zu sterben, wenn ich sie...
Die Frau muß fort!
CHOR: Zerstückelt hat sie ihn!
Auch das mußt du wissen:
Verstümmelt!
Verscharrt!
So lang du lebst, Orest:
Du wirst es nie vergessen können.
Jämmerlich, Kind, ist Agamemnon gestorben!
ELEKTRA: Du klagst um meinen Vater – wie er starb.
Ich aber war ihm fern.
Verachtet und entehrt,
In einem Winkel eingesperrt:
Wie ein Hund, ein tollwütiges Tier,
Hat sie mich gehalten!
Lachen? Hab ich verlernt.
Weinen: Konnte ich nicht.
Nur Tropfen kamen,
Heimlich,
Wenn der Jammer überfloß.
Bruder! Schreib's dir ins Herz!
CHOR: Und hüte es!
Nicht im Ohr,

Tief im Herzen
Mußt du es bewahren.
Versenk es im Schweigen.
Sei zornig, Orest.
Tu es!
Und fürchte dich nicht!
OREST: Ich rufe dich, Vater!
Steh uns bei!
ELEKTRA: Vater, komm!
CHOR: Hör uns, Herr,
Komm herauf,
Hilf uns gegen den Feind!
OREST: Krieg, Vater!
ELEKTRA: Und Gerechtigkeit!
CHOR: Welch ein Gebet:
Der Totenruf!
Ich habe Angst!

O du eingeborene Qual,
Peitschenhieb des Verderbens.
Blutiger Mißlaut
Schriller Not:
Nicht mehr zu tragen!
O Schmerz, der niemals enden will.

Nicht von außen,
Tönt der Gesang,
Das Lied dunkler Geister.
Aus dem Haus selber
Kommt Rettung:
Ein rotes Messer,
Das die Wunde heilt.

Hört, Geister der Nacht,
Unser Gebet,
Schickt Hilfe herauf
Und führt uns zum Sieg!

Orest und Elektra knien nieder.

OREST: Vater! Mein König, der du wie ein Bettler starbst,
Gib mir die Macht in deinem Haus zurück!

ELEKTRA: Und hör auch meine Bitte an:
Laß mich hier bleiben,
Nach Aigisthos' Tod,
Mit einem Mann an meiner Seite!
OREST: Dann, Vater, würde, wie es Brauch ist,
Dir das Volk ein großes Mahl bereiten,
Und wenn das Opferfett ringsum im Lande dampft,
Bliebst du allein nicht ungeehrt.
ELEKTRA: Und ich will dir an meinem Hochzeitstag
Die schönsten Gaben aus dem väterlichen Schatz
Aufs Lager legen.
Kein Grab soll reicher sein als deins!
OREST: Erde, gib den Vater frei!
ELEKTRA: Lasse ihn leuchten, Totenkönigin,
Im Glanz des Siegs!
OREST: Vater: Denk an das Bad! Die Wanne voll Blut!
ELEKTRA: Denk an das Mordgarn!
OREST: Denk an die Fesseln aus Hanf!
ELEKTRA: Denk an das Tuch, das dich erwürgt hat!
An die List mit ihrem Faltenwurf!
OREST: Es ist die Schande, Vater, die dich weckt!
ELEKTRA: Wir sind es, deine Kinder!
Schau uns jetzt an und zeig dich uns!
OREST: Und schick, als besten Kampfgenossen,
Die Gerechtigkeit.
Doch wenn du willst, daß wir sie greifen,
Wie sie dich gegriffen haben,
Dann schick uns ... die List.
ELEKTRA: Und nun das Letzte, Vater:
Sieh die Kinder an:
Wie kleine Vögel hocken wir auf deinem Grab.
Erbarm dich deiner Tochter
Und hab Mitleid mit dem Sohn.
Bedenk: Solang wir leben,
Lebst du auch.
In seinen Kindern wirkt der Vater fort:
Sie retten ihn und seinen Ruhm.
Wie Korkstücke, die leichten Schwimmer,
Die das Netz hochhalten

Und das Tauwerk schützen,
Daß es, drunten in der Tiefe,
Nicht versinkt.

CHORFÜHRERIN: Ihr habt lang gesprochen:
Nein, kein Tadel deshalb!
Niemand hat das Grab vor euch beweint.
Ihr wart die ersten,
Und ich lobe euch dafür.

zu Orest

Jetzt aber mußt du's tun.
Du bist bereit. Hast dich entschieden.
Gut. Versuch's und geh ans Werk.

OREST: Ich will! Nur eins noch.
Dies versteh ich nicht: Wozu das Opfer? Guß und Trank: Warum?
Die all zu späte Ehrung: Was bedeutet das?
Will sie sühnen, Klytaimestra, was doch nicht zu sühnen ist?
Den Toten, der's nicht mag,
Mit lächerlicher Gunst verhöhnen – einer milden Gabe,
Die den Frevel eher größer macht?
Ströme geweihten Wassers,
Sagt ein alter Spruch,
Wiegen nicht *einen* Tropfen Blutes auf.
Wozu also das Opfer? Weißt du es?

CHORFÜHRERIN: Ja. Ich war dabei.
Sie hat geträumt: Ein Schreckbild
Mitten in der Nacht scheuchte sie auf.
Ihr Schlaf war leicht.

OREST: Kennt ihr den Traum? Könnt ihn erzählen?

CHORFÜHRERIN: Ja. Wie sie selbst. Ein Drache, sagt' sie,
Kroch aus ihrem Schoß –

OREST: Und weiter? Worauf wollte sie hinaus!

CHORFÜHRERIN: Daß sie ihn wickelte, den Drachen,
Wie ein Kind.

OREST: Und fraß das Neugeborene? Biß zu?

CHORFÜHRERIN: Sie gab ihm, träumte sie, die Brust.

OREST: Und die blieb unverletzt? Der Drache schnappte nicht danach?

CHORFÜHRERIN: Doch. Mit der Milch sog er auch Tropfen schwarzen Bluts heraus.

OREST: Kein eitles Traumbild, scheint es.
Dieser Trug hat Sinn.
CHORFÜHRERIN: Von Angst getrieben sprang sie aus dem Bett und schrie,
Rief schrill um Hilfe,
Und von überallher flammte Fackelschein,
Im Dunkel schon erblindet, neu empor,
Strahlte im Schlafgemach der Königin,
Die aufrecht saß und mir befahl,
Das Opfer zu bereiten:
Ein Heilkraut, hofft sie,
Das ihr Leiden lindern wird.
OREST: Ich aber fleh das Grab des Vaters,
Fleh die Erde an,
Daß dieser Traum mir in Erfüllung geht.
Wie immer ich ihn deute: alles stimmt
Und *muß* auch stimmen,
Denn wenn er dem gleichen Schoß wie ich entkroch,
Der Drache,
In die gleichen Windeln eingehüllt,
Wenn er nach Brüsten gähnend schnappte,
Die mich nährten,
Wenn er zubiß, bis die Milch zu dickem Blut gerann,
Und wenn die Mutter schrie,
Als sie die roten Klumpen sah,
Dann wird sie bald gewaltsam sterben:
Sie, die solchen Drachen nährte.
Dann bin ich das Tier – der Traum beweist es! –,
Der sie töten wird.
CHORFÜHRERIN: Die Deutung nehm ich an. Mög's so geschehen,
Wie du sagst. Doch jetzt: Was soll'n wir tun?
Wer hilft? Und wer hält sich zurück!
OREST: Mein Plan ist einfach. Nur ein Wort.
Die Schwester geht ins Haus – und ihr seid stumm!
Verratet nichts!
Umgarnt vom gleichen Netz der List,
Trifft sie der Tod, die beiden,
Wie Apoll befahl, der niemals irrt.
In Reisekleidung, als ein Fremder, tret ich auf
Und poch ans Tor. Ich spreche eine fremde Mundart,

Phokisch; niemand schöpft Verdacht.
Der Pförtner – nun, der wird nicht freundlich sein.
»Tritt näher, Fremder, ich geleite dich«: so wird's nicht gehn.
Das Haus, von Grund auf morsch, kennt keine Freundlichkeit.
Ich warte also. Schließlich kommt ein Mann vorbei:
»Warum«, fragt er, »verschließt Aigisth
Dem fremden Mann das Tor, wenn er zuhause ist?
Hat er das Klopfen nicht gehört?«
Dann überschreite ich die Schwelle, geh hinein
Und – ob Aigisth nun auf dem Thron des Vaters sitzt
Oder aufsteht, mir entgegengeht, mich ansieht,
Um mit mir zu reden... einerlei!
Bevor er »Woher kommst du, Fremder?« fragt,
Zück ich mein Schwert, den hellen Stahl, und...
Schlag ihn tot,
Damit die mordgewohnte Erinys
Aus unvermischtem Blut
Den dritten Trank
Mit vollen Zügen schlürfen kann.
Du, Elektra, sorgst dafür,
Daß nichts im Hause meinen Plan durchkreuzt!
Und ihr – seid still und sprecht nur,
Wo es nützlich ist.
Das Weitere vertraue ich Apollon an;
Der mir das Schwert gegeben hat,
Wird wachsam sein.

Alle ab außer dem Chor.

CHOR: Erde!
Schrecken,
Unzählbare Schmerzen
Nährst du,
Und Qualen,
Die wie Fratzen sind.
Meer!
Von Buchten strotzend,
Tieftiefen Nistplätzen,
Wo die Scheusale hocken.
Himmel,

Du, mit den feurigen Fackeln der Blitze
Und dem Sturmzorn des Wetters,
Den die Vögel fürchten und das Wild
In den Bergen!

Und, schlimmer noch
Als Himmel, Erde und Meer,
Weit schlimmer:
Der Mensch!
Die Tollheit des Mannes,
Sein verwegener Sinn!
Und dann,
Das Schlimmste von allen,
Die Liebesgier,
Die Brunst der Frau!
Dreistigkeit,
Dem Unheil beigesellt!
O lieblose Liebe:
Was ist tierische Paarung,
Was Zeugung unter den Menschen,
Was ist Ehe
Gegen die Lust,
Die morden will?

Wissen mag,
Wer nicht zu leichten Sinnes ist:
Taumelnd im Flug der Gedanken,
Wissen mag er,
Wie Thestios' Tochter,
Althaia,
Sie, die Kindermörderin,
Den Feuerplan faßte:
Brennen ließ sie den Scheit,
Die Lebensfackel des Kindes,
Ihm beigegeben,
Seit es ihren Schoß verließ,
Ein Leben lang
Bis zum Tag seines Todes.

Und wiederum blutiger Mord:

Skylla, dich rufe ich auf,
Skylla,
Deren Mordtat
Die Sage benennt:
Betört vom Schmuck,
Den goldgewirkten kretischen Ketten,
Hat sie dem Feind
Ihren eigenen Vater gegeben.
Von Minos bestochen,
Dem König: dem Buhlen!
Hat sie dem schlafenden Mann –
Bald schon sollte ihn Hermes entführen! –
Das Haar abgetrennt,
Das Haar, an dem sein Leben hing –
Und wußte wohl, was sie tat,
In ihrem hündischen Sinn!

Doch wozu sie nennen,
Die alten, längst vergangenen Leiden:
Unheil, wie es das Märchen erzählt.
Wir selber sind Zeugen.
Wir dulden die Buhlschaft.
Wir haben die Unzucht im Hause ertragen.
Wir sind Zeugen gewesen,
Wie Frauenlist den Mann verraten hat –
Den großen König,
Dessen Waffen selbst die Feinde fürchteten.
Wir müssen einen Herd verehren,
Der kein Feuer hat –
Einen kalten Altar.
Wir sind zwei Weibern untertan,
Wir dienen einer schlaffen Hand.

Wo, heißt es im Volk,
Gäbe es größeres Unheil,
– O Greuel der Greuel! –
Als jenes,
Das damals auf Lemnos geschah:
Die Männer getötet,
Alle,

Ermordet von ihren Frauen!
O Lemnos, bespieene Insel:
Argos wirst du bald heißen!
Argos! Gottverflucht, von keinem geliebt
– Was Götter hassen: wer soll es ehren? –
Geht es zugrunde, das Haus.
Ausgelöscht wird Atreus' Stamm,
Und Argos und Lemnos
Sind eins!

Aber das Schwert,
Nah an der Brust –
Wenn Dike will,
Stößt es zu
Und trifft, wo Unrecht ist,
Dringt tief ins Herz,
Zerschlägt,
Was, Schranken des Rechts überschreitend,
Zeus' Ehre verletzt.

Nicht bebt der Boden des Rechts,
Dikes heiliger Grund:
Schon schmiedet das Schicksal
Auf erzenem Amboß das Schwert.
Schon führt die hochberühmte Erinys,
Spät, aber früh genug,
Das Kind zurück ins Haus,
Um das Blutmal zu tilgen.

OREST *(pocht ans Tor)*:
He, Bursche! Bursch, hörst du nicht?
Ist keiner da? Niemand zu Haus!
Zum dritten Mal: schließe endlich auf!
Sag, hat Aigisth die Gastfreundschaft verlernt?
WÄCHTER: Ich komm ja schon. Wer ist denn da?
Ein fremder Mann? Wer bist du?
Und aus welchem Land?
OREST: Komm! Und melde deinem Herrn, ich brächte Neuigkeiten,
Doch beeile dich, die Dunkelheit naht schnell,
Ein schwarzer Wagen zieht herauf,

Das graue Wolkenschiff; jetzt ist die Stunde,
Wo der Wandersmann Herberge sucht – ein Haus wie dies.
Ich sehe, hier geht's gastlich zu.
Jetzt aber komme einer, der zu sagen hat,
Die Frau vielleicht, doch besser noch der Mann.
Die Schüchternheit läßt das Gespräch oft stocken, doch
Von Mann zu Mann gibt's keine Scheu.
Da spricht man offen und kommt schnell zum Ziel.
Wächter ab. Klytaimestra kommt aus der Seitentür.

KLYTAIMESTRA: Sag, Fremder, was du brauchst.
Was dieses Haus zu bieten hat: Es ist bereit für dich.
Ein warmes Bad, ein Bett, das schnell den Weg vergessen läßt,
Und Diener, die dir gern behilflich sind.
Doch braucht ihr einen Rat, der Männersache ist,
So ruf ich dir Aigisth herbei.

OREST: Ich bin ein Kaufmann, stamm aus Phokien.
Belastet mit Gedanken, Kümmernissen, Sorgen des Geschäfts,
Kam ich nach Argos. Unterwegs sprach mich ein Unbekannter an,
Ein Landsmann, den ich nie vorher gesehen, Strophios hieß er.
Als er mein Reiseziel erfuhr, erbat er von mir einen Botendienst.
»Wenn du in Argos bist«, so sagte er, »dann gehe zu den Eltern des Orest
Und melde ihnen, daß ihr Sohn gestorben sei. Vergiß es nicht.
Und frage an, ob sie ihn hier begraben wollen
Oder ob er in der Ferne bleiben soll.
Ein Erzkrug birgt die Asche. Wir beweinten ihn.
Er war ein guter Mann.«
Jetzt hab ich es gesagt; jetzt weißt du es. Ob du
Die Rechte bist, ihm anverwandt, – ich ahn es nicht.
Sein Vater aber soll es hören.

KLYTAIMESTRA: Weh mir, zu Grunde richtet mich dein Wort.
O Fluch des Hauses, unbesiegbar,
Alles siehst du, und was fern dir liegt,
Das triffst du mit dem Pfeil von weit her
Aus dem Hinterhalt.
All meiner Freunde hast du mich, die Mühbeladene, beraubt,
Nun nimmst du mir Orest, ihn, der so glücklich, wohlgeraten schien,
Als er den sumpfigen Morast, den Mörderschlick des Hauses mied,

Orest, der Wundarzt des Palastes, die Jubelstimme und die Hoffnung,
Der wir trauten.

OREST: Wie gerne hätt' ich euch, den hohen Freunden,
Als guter Gastfreund eine Botschaft überbracht,
Die angenehmer klingt: Was ist dem Gastfreund lieber als ein guter Wirt?
Doch wär ich gottlos – und mein Herz verstockt! –,
Wenn ich euch vorenthielte, was geschehen ist.
Ihr wart sehr freundlich: Sollt ich euch belügen?

KLYTAIMESTRA: Sei unbesorgt. Der Bote, der die Wahrheit spricht,
Wird uns willkommen sein – du bist ein ehrenwerter Mann.
Kein Vorwurf, Freund!
Die gleiche Botschaft hätte sonst ein anderer gebracht.
Doch es ist Zeit zum Schlafen, du wirst müde sein.

zu einem Diener

Komm! Führ den Gast ins Herrenhaus.
Auch seine Diener und Gefährten. Sie brauchen Ruhe,
Und es soll getan sein, was das Haus vermag.
Ich aber werde deine Botschaft unserm Herrn verkünden
Und gemeinsam mit den Freunden
– Unsern vielen Freunden! –
Sorgfältig bedenken, was geschah.

CHORFÜHRERIN: Jetzt, ihr Getreuen,
Ist es Zeit!
Orest braucht Hilfe,
Betet für ihn.

CHOR: Heilige Erde!
Heiliges Grab!
Staub und Schutt,
Aufgeschichtet
Über dem Leichnam des Königs:
Die Stunde ist da.
Peitho,
Die Herrin der List,
Macht sich bereit.
Und du, Hermes,
Drunten
Wo die Schatten sind:

Hermes, Totengott,
Weise den Schwertern den Weg!
CHORFÜHRERIN: Der Fremde, scheint mir,
Hat dem Haus kein Glück gebracht:
Da! Seht! Kilissa!
Orestes' Amme! Tränenüberströmt!
Kilissa kommt aus der Seitentür.
CHOR *(viele Stimmen)*:
Was ist? Wozu die Angst?
Trauer bringt keinen Lohn!
KILISSA: So schnell es geht, befahl die Königin,
Soll ich Aigisthos rufen,
Denn ein fremder Mann sei da,
Ein Gastfreund,
Der ihm eine Nachricht wiederholen werde.
Ganz genau, von Mund zu Mund,
Soll es Aigisthos wissen.
Weh! Die böse Frau! Vor uns, dem Hausgesinde,
Schaute sie zu Boden, und ihr Blick schien düster,
Aber drinnen in den Augen leuchtete es auf:
Wie eine Sonne, mitten in der Nacht.
O, sie weiß gut – und darum lachte sie, als sie allein war! –,
Daß sie keine Angst mehr haben muß,
Sobald das Haus darniederliegt!
Ihr Sieg und unser Untergang – sind eins!
Ach, deine Nachricht, fremder Mann, war allzu klar –
Wie wird sich erst Aigisthos freun,
Wenn er die schlimme Botschaft hört.
Ich arme Frau.
Das alte Lied, so unerträglich es auch schien –
Kein guter Tag in Atreus' Haus, kein einziger!
Ich trug's geduldig. Aber dies bricht mir das Herz.
Orest! Mein Sorgenkind, das mir die Mutter überließ
– Die Mutter! Wenn sie's war! –,
Und das ich aufzog unter vieler Müh!
Wie oft hat mir sein Schrein,
Das schrille Greinen in der Nacht,
Den Schlaf geraubt.
Wie viele Lasten nahm ich auf mich:

Ach, vergebens jetzt!
Denn wie ein kleines Tier
Muß man den Säugling nähren
Und – was hilft's! – geduldig sein
Und ruhig, wenn er schreit
Und man ihn nicht versteht.
Er sagt nicht, wenn er hungrig oder durstig ist,
Oder die Windeln naßgemacht –
Der kleine Magen ist sein eigner Herr:
Man muß voraussehn, was er will.
Doch oft, du kannst mir's glauben,
Täuscht man sich –
Und muß die Windeln waschen.
Amme und Wäscherin war ich zugleich,
Und ich war beides gern:
Für seinen Vater
Habe ich ihn aufgezogen.
Ach, umsonst! Das Kind ist tot.
Und jetzt muß ich zu dem,
Der schuld an allem ist.
Wie wird er jubeln,
Wenn er meine Worte hört!

CHORFÜHRERIN *(leise)*:
Hör zu! *Wie* soll er kommen? Was hat sie gesagt?

KILISSA: *Wie* er kommen soll? Sag das noch einmal!

CHORFÜHRERIN: Mit Begleitung, meine ich? Der Leibwache? Oder allein?

KILISSA: Sie hat gesagt: Mit seiner Wache!

CHORFÜHRERIN: Nein! Auf keinen Fall. Das darfst du ihm nicht sagen,
Dem verhaßten Mann. Hörst du?
Allein und unbegleitet soll er kommen.
Sag: Es spricht sich besser so. Vertraulicher.
Bedenk, ein Wort, das man nicht sagt,
Kann manchmal nützlich sein.
Nun schnell! Und: sei ganz unbesorgt!

KILISSA: Wie? Solche Nachricht – und du freust dich noch?

CHORFÜHRERIN: Ja. Weil ich weiß, daß Zeus das Unheil wenden wird.

KILISSA: Und wie?
CHORFÜHRERIN: Wart's ab. Der Wind schlägt um.
KILISSA: Jetzt? Wo Orest gestorben ist?
CHORFÜHRERIN: So wird gesagt. Als kluger Seher aber muß man unterscheiden können.
KILISSA: Was soll das heißen: »Unterscheiden«? »Wird gesagt«?
Weißt du am Ende mehr?
CHORFÜHRERIN: Vielleicht, *(abbrechend)* sag Aigisth,
Was man dir aufgetragen hat,
Das Übrige: das Gottbestimmte,
Tun die Götter selbst.
KILISSA: Gut. Wie du willst. Dann gehe ich.

leise

Seid gnädig Götter: Mag das Ende glücklich sein.

CHOR: Wir bitten dich, Zeus,
Vater der himmlischen Götter,
Segne das Haus
Und segne alle,
Die, wie wir, aufs Gute schaun
Und laß uns glücklich sein.
Schenk der Gerechtigkeit
Den Sieg,
Schenk ihn den Menschen,
Denen sie am Herzen liegt.
Du allein, Zeus,
Schirmst das Recht.
Du wirst Orest
Nicht verlassen.
Setz ihn den Feinden,
Setz ihn den Mördern
Voran:
Hebst du ihn hoch,
Hoch aus dem Staub:
Zweifach,
Zeus,
Dreifach
Wird der Erhöhte
Dir am Altar
Die Zinsschuld bezahlen.

Sieh Vater,
Sieh das Kind des lieben Herrn,
Das Waisenkind,
Ins Joch des Leidens
Eingeschirrt.
Zeus,
Schau das Fohlen an:
Es springt und tanzt
Und läßt den Wagen schleudern.
Herr! Gib seinem Lauf ein Maß,
Zeig ihm das Ziel,
Damit es nicht mit wildem Huf,
Die Bahn verlassend,
In die Irre stürmt.

Ihr,
Die ihr tief drinnen im Haus,
Im goldenen Schoß des Palasts
Uralte Schätze bewacht,
Hört uns, Götter,
Steht uns bei
Und löscht,
Als gute Richter,
Alte Frevel aus.
Tilgt sie
Durch neuen Spruch
Und laßt den Mord im Haus
Nicht weiter zeugen.
Schuld, genug!
Kinderlos wirst du jetzt bleiben!

Du aber,
Der du dieses Tor mit seinem großen Mund bewachst,
Laß Agamemnons Haus wieder leuchten,
Laß es mit klarem nachtentwöhnten Blick
Die Freiheit sehn,
Und vertreibe das Dunkel!

Auch du, Majas Sohn,
Himmlischer Gott,

Dem die Stürme gehorchen,
Laß es, wenn die Zeit kommt,
Heiter sein – und leicht den Wind!
Offen,
Hermes,
Machst du,
Was verborgen ist,
Und bist doch selber der Dunkle!
Legst uns,
Unsichtbar am hellen Tag,
Finstere Nacht
Auf die Augen.
Schattenfürst,
Du,
Unter der Sonne!

O welch ein Tanz wird das sein,
Welch ein Gesang,
Wenn wir
Angsterlöst und hell
Dem Haus
Das Zauberlied,
Das Harfenlied,
Das Segenslied singen:
»Glückliches Haus!
Segen hinein!
Elend heraus!
Glückliches Haus!«
Sei stark, Orest,
Sei mutig,
Zögere nicht,
Dein Teil ist der schwerste:
»Kind« wird sie sagen
Wenn sie dich sieht,
»Liebes Kind«.
Hör nicht hin,
Sag nicht »Mutter«,
Vergiß es,
Sag »Vater«
Und dann zieh das Schwert!

Und denke an Perseus!
Sei uns und den Toten,
Denen da drunten
Und denen im Licht,
Ein mutiger Helfer!
Und halte das Tuch vor die Augen,
Das schwarze Kleid,
Wenn du die Gorgo siehst,
Die Mutter,
Die du töten mußt.
Sei stark, Orest,
Mach ihn nieder, den Mann!
Töte sie beide!

Aigisth kommt herein: ohne Wache.

AIGISTH: Hier bin ich. Ihr habt mich gerufen.
Sagt, was ist? Ich komme nicht von selbst:
Daß ihr das wißt!
Es war die Nachricht, die mich eilen ließ:
Orest, hieß es, sei tot.
Nicht sehr erfreulich. Nein. Vielmehr:
Ein neues Leid für dieses blutbefleckte Haus,
Das, morsch und modrig wie es ist,
An seinen alten Schmerzen krankt.
Ist es auch wahr? Ihr irrt euch nicht?
Vielleicht ist alles ein Gerücht?
Nur Hirngespinst von Frauen, das die Angst gebar:
Ein Nichts aus Luft und Träumerei?
Seid ihr denn eingeweiht? Könnt mir Gewißheit geben?
CHORFÜHRERIN: Nein. Wir *hörten* nur davon. Mehr nicht.
Weit besser wär's: Du fragst den Boten selbst –
Er ist im Haus: bereit,
Mit dir von Mann zu Mann zu sprechen.
Einen Dritten brauchst du nicht.
AIGISTH: Gut. Ich will den Fremden fragen,
Und zwar gründlich,
Ob er selbst dabei war,
Ob er ein Gerücht gehört hat,
Das er nacherzählt,

Ob er mich am Ende täuschen will...
Ich bring es schon heraus!
geht ins Haus

CHOR: Wo, Zeus, soll ich beginnen,
Wie es finden,
Das Wort,
Wen, wenn ich bete,
Nenn ich zuerst,
Und wie bring ich's zuende?
O ihr Gedanken ohne Mund,
O stumme Angst,
O Wünsche, die ihr keine Sprache habt!
Ach, fände ich Worte,
Die, zielsicher treffend,
Meinen Hoffnungen gleichen:
Ach, fände ich sie!
Denn jetzt, jetzt wird es geschehen,
Jetzt färbt sich die Klinge,
Das blitzende Messer,
Schon ist es geschärft,
Das Schwert,
Das Agamemnons Haus
Zerstört
– Kein Stein, kein Balken mehr! –
Oder die Freiheit leuchten läßt.
O strahlendes Feuer,
Blitzendes Gold,
Thron der gewaltigen Fürsten:
Ein einziger Schwertstreich –
Und das Traumbild wird wahr!

Dein Schwert, Orest:
Sieg oder Untergang
Bringt es!
Und ganz allein, Kind,
Als letzter,
Muß du,
Denn nach dir kommt niemand,
Kommt nichts,

Den Kampf gegen die doppelten Feinde
Bestehen.
Zeus, laß ihn siegen!

AIGISTH *(hinter der Bühne schreiend)*:
Weh! Wehe mir!

CHOR: Horch! Was war das! Ist es vorbei?

CHORFÜHRERIN: Noch nicht. Kommt schnell, wir müssen fort,
Damit wir nicht noch in den Kampf hineingezogen werden.
Still! *(Stille)* Ja. Jetzt ist der Kampf vorbei.

PFÖRTNER *(hereinstürzend)*:
O weh! Aigisth! Mein armer Herr!
Und wieder weh! Ein drittes letztes Mal!
Weh mir: Aigisth ist tot! So macht doch auf!
Weg mit den Riegeln! Brecht die Türen ein!
Kommt! Helft mit aller Kraft:
Aigisth braucht sie nicht mehr!
Dem könnt ihr doch nicht helfen.
Seid ihr taub? Red ich zu Schlafenden?
Ich schrei und schreie, aber ihr *(lauscht)* ... Nein, nichts.
He! Klytaimestra! Königin! Was tut sie denn?
Um Messersschneide, sag ich, ist ihr Leib
Noch von dem Stahl entfernt, der sie gleich köpfen wird.
... Und zwar zurecht!
Jetzt geht es an den Hals!

KLYTAIMESTRA: Was tust du hier? Geschrei: vor meinem Haus?

PFÖRTNER: Die Toten, sag ich, morden die Lebendigen!

KLYTAIMESTRA: Weh mir! Ein Rätselwort: doch ich verstand es gut.
Jetzt tötet uns die gleiche List, mit der wir mordeten.
Rasch! Da, das Beil! Ich will ihn töten!
Denn ich kann nicht mehr zurück.
Er oder ich. Ich oder du.
So weit ist es gekommen,
Hier im Haus.

OREST *(stürzt auf die Szene)*:
Da ist sie! Du! Ich suche dich!

Geste zu Aigisth herüber

Der hat genug: sein volles Teil.

KLYTAIMESTRA: O weh, Aigisthos, Liebster. Jetzt bin ich allein.

OREST: Du liebst ihn noch? Nun gut:

Du darfst mit ihm im gleichen Grabe ruhn.
KLYTAIMESTRA: Orest!!
OREST: Ihn jedenfalls kannst du dann nicht betrügen.
dringt auf Klytaimestra ein
KLYTAIMESTRA: Halt ein, mein Sohn und scheue diese Brust,
An der du lagst,
Als du ein Säugling warst
Und schläfrig-träg die süße Milch gesogen hast.
Kein Zähnchen hattest du.
leise
Du bist mein Kind, Orest.
OREST: Weh mir! Was soll ich tun?
Die Mutter töten? Oder fliehen?
Und Apollon? Und die Qual,
Die auf mich wartet, wenn ich sie verschone?
Nein, das will ich nicht!
Denn lieber sie – als einen Gott zum Feind!
Komm jetzt! Zu ihm!
Auf! An die Seite deines Bettgenossen,
Der dir, als er noch lebte, näher als mein Vater war!
Schlaf auch im Tod mit ihm – du liebst ihn ja,
Den guten Freund,
Doch den du lieben solltest, deinen Mann,
Hast du gehaßt.
KLYTAIMESTRA: Ich zog dich auf, jetzt bin ich alt,
Und möchte bei dir bleiben, Kind.
OREST: Mit mir in einem Haus? Ich soll mit dir... zusammenleben?
Wie? Mit Agamemnons Mörderin?
KLYTAIMESTRA: Das Schicksal, Kind, war schuld daran.
OREST: Das gleiche Schicksal will auch deinen Tod.
KLYTAIMESTRA: Du scheust dich nicht vor meinem Fluch?
OREST: Vor dir? Die mich verstoßen hat:
Mutter und Mörderin zugleich!
KLYTAIMESTRA: Verstoßen? Ich? Ins Haus des Gastfreunds schickt ich dich!
OREST: Und ich nenn das... ich nenn's »verkauft«!
Ein Kind des freien Vaters: schmählich wie ein Knecht verkauft!
KLYTAIMESTRA: Wie? Und der Kaufpreis? Wo ist der?
OREST: Kein Wort davon. Ich schäme mich für dich.

KLYTAIMESTRA: Für deinen Vater nicht?
OREST: *Er* stand im Feld. *Du* warst zuhaus.
KLYTAIMESTRA: Es ist nicht leicht für eine Frau, mein Kind,
Vom Mann getrennt zu sein.
Ich war allein.
OREST: *Er* mühte sich im Feld – und *dir* ging's all zu gut!
KLYTAIMESTRA: Du willst mich töten, Kind. Jetzt weiß ich es.
OREST: *Du* tötest dich. Du selbst. Nicht ich.
KLYTAIMESTRA: Denk an die Hunde. Meine Flüche – die verfolgen dich!
OREST: Und Vaters Hunde? Sind die fern?
KLYTAIMESTRA: Ich fleh dich an, Kind! Laß mich leben!
Leben. (nach einer Pause) Sprech ich denn zu einem Grab?
OREST: Frag deinen Mann. *Der* richtet dich.
KLYTAIMESTRA: Du bist kein Mensch! Ich habe keinen Sohn!
Ein Drache kroch aus meinem Schoß.
OREST: Jetzt siehst du, welch ein guter Seher
Dir der Angsttraum war.

kommt näher

Du hast Verbotenes getan – und wirst es dulden müssen.
Komm!
CHORFÜHRERIN: Beklagt, ihr Frauen, Eure Fürsten:
Denkt, daß sie arm und elend sind.
Doch denkt auch, daß Orest kein Mörder ist,
Nein, daß er nur die Ernte eingebracht hat,
Die er selbst nicht säte:
Sie, die blutig war vom Korn zum Halm!
Wir aber beten, daß die Not ein Ende haben möge:
Genug jetzt des Leids.

Orest schleppt Klytaimestra ins Haus.

CHOR: Hereinbrach
In Priamos' Haus
Mit schweren Schritten
Vergeltung
Und, Rache übend,
Blutiges Gericht.
Hereinbrach
Gottgesandt

Der gewaltige Löwe
Und brachte
Den Krieg,
Den zwiefachen Tod.
Hereinbrach
Von Delphi geschickt
Der flüchtige Mann,
Der bringt es zu Weg,
Der führt es zum Ziel.

Jubelt jetzt! Jauchzt! Stimmt den Siegesruf an!
Das Haus ist befreit,
Die Schande getilgt,
Zuende die Buhlschaft
Des ruchlosen Paars,
Vorbei die Vergeudung,
Vorbei, ins Weglose führend,
Die Tyrannei.

Hereinbrach,
Den Kampf im Verborgenen liebend:
Die Kunst des heimlich treffenden Dolchs,
Hereinbrach,
Listerfahren, Vergeltung:
Die Hand aber hat ihr,
Mitstreitend im Kampf,
Das Zeus-Kind geführt.
Dike nennen mit treffendem Wort
Es die Menschen:
Denn wen es haßt,
Dem bringt sein Atem,
Der Haß-Hauch,
Den Tod.

Das Wort des Fürsten vom Parnaß,
Loxias' heilige Rede:
O Spruch
Aus tiefen Schluchten verkündet:
Nicht getrogen hast du.
Uralte Truglist,

Von Jahr zu Jahr weitergetragen –
Zuschanden ist sie geworden.
Zuschanden durch Apollos Rache-Wort.
Nie hat er vergessen,
Der Gott,
Was hier geschah.
Niemals
Kann Göttliches irren.
Nie dient es der Schuld.
Nie dem Frevel.
Hoch in Ehren steht himmlische Macht.

Bald leuchtet wieder das Licht:
Abgestreift wird der Zügel,
Das Zwingjoch in Stücke zerschlagen!
Aufspringen die Riegel
Und der Palast
Bricht die Ketten entzwei!
Heb dich empor,
Liebes Haus,
Empor aus dem Staub,
Allzu lang hast du gelegen!

Bald wird die allvollendende Zeit
Den Steinmund des Tores
Durchschreiten,
Wenn am Altar
Die Sühneopfer brennen
Und das Blutmal,
Eingehüllt von frommen Schwaden,
Verblaßt.

Dann kehrt das Glück nach Haus,
Der Tag wird hell,
Leuchtend erschaut ihn,
Nicht mehr geblendet,
Das Auge,
Und eine Stimme ruft:
»Fort sind,
Bald schon,

Die das Haus mitbewohnten,
Die Geister!
Fort,
Verjagt
Die Gespenster!«

Heb dich
Empor, liebes Haus.
Empor aus dem Staub,
Allzu lang
Hast du gelegen!

Die Pforte öffnet sich: Orest an den Bahren Klytaimestras und Aigisths. Diener halten das Mordtuch, das Klytaimestra über Agamemnon geworfen hatte, bevor sie ihn erschlug.

OREST: Da! Das Tyrannenpaar! Die beiden Mörder!
Die Verschwender: leer geplündert ist das Land!
Ihr Blutsauger!
Und gestern hoch auf hohem Thron.
Vereint auf Königssesseln – und vereint im Grab!
Gemeinsam töten und gemeinsam sterben:
Das war euer Ziel. Ihr habt's erreicht.
wendet sich von der Bahre ab, geht aufs Tuch zu
Und hier das Tuch, das schön gewebte Netz,
In dem mein Vater sich verfing:
Gefesselt, eingeknotet in ein Leinentuch!
Wie ein Stück Vieh hat er gezappelt und gebrüllt!
zu den Dienern
Breitet es aus:
Ihr wart dabei, als es geschah!
Zeigt's nur herum,
Das Scham-Tuch,
Das den Toten deckte.
Jeder soll es sehn:
Zuerst der Vater,
Nein, nicht Agamemnon,
Helios, der Allesschauende –
Die Himmelssonne –
Soll das Frevelwerk der Mutter sehn,

Damit sie mir zur Seite steht,
Wenn's zum Gerichtsspruch kommt,
Und Zeugnis ablegt:
»Ja. Er handelte gerecht.«

auf Aigisth zeigend

Von *dem* hier sag ich nichts.
Kein Wort davon, wie er gestorben ist.
Er war ein Ehebrecher
Und empfing die Strafe,
Die den Ehebrecher trifft.
Sie aber, die dem eignen Mann
Die schlimmsten Qualen,
Einen grauenvollen Tod,
Ersonnen hat
– Dem Mann,
Von dem sie Kinder,
Schwer und lange,
Unterm Gürtel trug –
Geliebte, dann verhaßte Kinder:
Was ist das für eine Frau!
Frau? Ein gefleckter Meeraal! Eine Schlange!
Molchsgezücht, das ohne Biß verwundet,
Was es auch berührt!

zum Tuch

Wie rede ich dich an, Tuch,
Vorsichtig und doch genau?
Bist du ein Fangnetz für das Raubtier?
Oder Totenhemd? Ein Bahrtuch?
Weit und lang: Das bleiche Segel eines Katafalks?
Wie?

wartet einen Augenblick, als könne das Tuch antworten

Oder bist du eine Falle?
Ja! Eine Falle bist du,
Bist ein Netz, mit dem man Menschen fängt:
So wie's der Räuber braucht, der Wegelagerer,
Der keinen größern Spaß kennt, als die Fremden auszuplündern.
Und hat er erst ihr Geld,
Dann bringt er,
Weil auch das ihm Freude macht,

Die Opfer um.
Plündern und Mord als Lebensunterhalt:
Jetzt endlich ist's gesagt.
So eine Frau war die!
Ich aber, bei den Göttern, wäre lieber tot
Und bliebe kinderlos
Als solch ein Weib im Haus zu haben.

CHOR: Weh! Wehe, dunkle Tat!
Kläglich, Herr, bist du gestorben.
Weh! Gräßliches Ende!
Und abermals weh:
Leid bleibt auch dem getreu,
Der überlebt.

OREST: Tat sie es? Oder tat sie es nicht?
Das Tuch hier, von Aigisth mit seinem Schwert in Blut getaucht:
Kronzeuge ist es.
Der Blutfleck – schaut! –: sehr deutlich noch zu sehn,
Wenngleich schon abgeblaßt,
Der läßt die Jahre sichtbar werden,
Die vergangen sind.
Farbe und Zeit: sie stimmen überein.
Es ist schon lange her – und ist doch Hier und Jetzt.
Was soll ich tun? Mich preisen, weil ich meinen Vater rächte?
Mich verfluchen?
Weh! Ich fürchte mich.
Und wenn ich mit dir rede,
Fang-Netz,
Das den Tod des Vaters sah,
Dann quält mich meine Tat,
Mein Elend und das Leid des ganzen Tantalos-Geschlechts.
Wie jämmerlich war dieser Sieg – und wie gemein!

CHOR: Unversehrt und ohne Schmerzen:
Kein Leben
Könnte so sein,
Den einen trifft's heute,
Den anderen morgen.
Frei von Leiden
Ist keiner.

OREST *(winkt Frauen und Diener nah zu sich heran)*:

Schnell! Hört mich an! Ein letztes Mal!
Es reißt mich fort!
Auf einem Wagen sitz ich,
Doch ich lenke nicht.
Die Pferde sind es,
Die den Zügel halten.
Ich habe keine Macht mehr über sie,
Ich... kann... nicht... denken.
Denken? Nein! Da ist ein anderer,
Der für micht denkt!
Und tief im Herzen hockt die Angst
Und singt und fängt zu tanzen an.
Darum, solang ich noch bei Sinnen bin
– Bin ich es noch? –
Sag ich euch schnell:
Es war gerecht, daß ich die Mutter tötete,
Die gottverhaßte Frau –
Ein Scheusal, das die Erde haßt!
Mit seinem Zauberstab berührte mich Apoll
Und gab mir Mut: Wenn ich es wagte, sagte er,
Dann sei ich frei von Schuld.
Doch ließ ich es...
Die Schmerzensgipfel, die er mir beschrieb,
Dies Leidgebirge, könnte auch der schnellste
Pfeil nicht überfliegen.
Hier! Zweig und Binde:
Die geleiten mich auf meinem Weg zum Heiligtum,
Dem Nabel mitten in der Welt,
An dem Apollon nah am Feuer wohnt,
Dem Flammenschein,
Der nie erlischt.
Allein an seinem Herd
Bin ich vor mütterlichem Blut gefeit:
So hat er's mir gesagt. So glaub ich's ihm.

zu allen gewendet

Seid meine Zeugen, Bürger,
Sprecht für mich
Und sagt, wie es gewesen ist.
Ich selber kann es nicht:

Ein Flüchtling! Ein Verstoßener!
Wie könnte der wohl eine Tat verteidigen,
Die ihn im Leben und im Tod verfolgt?
CHORFÜHRERIN: Nein, sie war gut! Hüte die Zunge, Kind.
Dein Wort ist unbedacht.
Du hast die Stadt *befreit* – vergiß das nicht.
Die Drachenhäupter sind gefällt.
Der Schnitter war ein braver Mann.
OREST: O weh! Siehst du die Frauen! Dort!
Mit ihrem grauen Kleid? Und Schlangen!
Überall! Im Haar: Das Brutnest!
Schlangensträhnen auf dem Kopf!
CHORFÜHRERIN: Ein Trugbild, Kind. Hab keine Angst.
Dich quält ein Traum.
OREST: Ein Traum? Ein Trugbild, sagst du?
Aber ich seh sie doch, die Hunde!
Da und da und überall!
Sie kommen näher, und die Mutter peitscht sie vor!
Sie springen hoch!

fährt mit entsetzter Geste zurück

CHORFÜHRERIN: Das Blut an deinen Händen ist noch naß.
Deshalb das Fieber: Das verwirrt den Sinn.
OREST: Weh! Immer mehr! Apollon! Hilf!
Aus ihren Augen: schwarzes Blut!
Das tropft und tropft und...
CHORFÜHRERIN: Loxias wird dich entsühnen. Hab Vertrauen, Kind.
Wenn er dich anrührt, bist du frei.
OREST: Ihr seht sie nicht! Ich aber seh sie gut.
Noch mehr jetzt! Ach, sie jagen mich davon!

stürzt hinaus

CHORFÜHRERIN: Gott sei dir gnädig, Sohn,
Und schütze dich.
Der Allessehende,
Apollon,
Der dich liebt,
Er möge bei dir sein
In deiner Not.
CHOR: Dreimal toste
Mit schnaubender Wut

Der Sturm im Königspalast.
Gräßliche Qualen:
Zerstückelte Leiber,
Die Kinder erwürgt,
Ihr Fleisch auf dem Tisch!
Weh! Mit dem Blutmahl
Hat es begonnen.

Erschlagen im Bad!
Achaias ruhmreicher Fürst
Waffenlos, männerlos
Erwürgt in der Kammer:
So ging es fort.
Und jetzt zum dritten Mal der Sturm!
Brüllte er Unheil?
Brachte er Rettung?
Wann endlich schlägt er um,
Der Sturmwind des Fluchs?
Wo wird er sich legen
Und als Wind zur Ruhe kommen,
Der gelind und freundlich ist?
Oder endet er nie?

Die Eumeniden

Personen

Priesterin
Apoll
Orest
Klytaimestra
Chor der Erinyen
Chorführerin
Athene
Chor der Priesterinnen

Platz vor der verschlossenen Pforte des Apollon-Tempels in Delphi.

PRIESTERIN: Dir, Gaia! Erde! gilt mein erster Gruß.
Du, Urprophetin warst am Anfang:
Du, die erste Seherin.
Dann, als zweite, ruf ich Themis an,
Die Hüterin der Ordnung,
Die, so sagt ein altes Märchen,
Dieses Heiligtum von ihrer Mutter übernahm.
Und Themis wiederum teilte den Sehersitz
Freiwillig, ohne Zwang,
Dem zweiten Kind der Erde,
Phoibe: der Titanin, zu.
Und diese schließlich hat das Haus,
Als er geboren wurde,
Ihrem Namenssohn Apoll geschenkt,
Dem Phoibus –
Ihm, der Delos' Hafen
Und den klippenreichen Strand verließ,
An Pallas' flottenreicher Küste Anker warf
Und zu uns kam:
In dieses hohe Land,
Das der Parnaß bewacht.
Hephaistos' Söhne bahnten ihm den Pfad,
Bebauten Äcker,
Legten Wege an
Und pflanzten, ihm zu Ehren, Bäume,
Wo zuvor nur Fels und dürrer Boden war.
Und als er einzog,
Als er Wohnung nahm, in diesem reichen Land,
Da neigte sich das Volk vor ihm,

Und Delphos, Fürst und Szepterherr,
Schritt selbst voran.
So fand er Heimat hier,
Apoll,
Und übernahm,
Durch Zeus, den Vater, mit der Kunst der Prophetie belehnt,
Als vierter Seher diesen Thron:
Geist ist der Vater, Mund der Sohn.
Gaia und Themis! Phoibe und Apoll!
Euch Vieren gilt mein erster Gruß,
Euch und Athene,
Die das Tor beschützt.
Und auch ihr Nymphen,
Hoch am Felsen drüben,
Seid gegrüßt
In euren Buchten, diesen großen Muscheln,
Wo die Vögel wohnen
Und die Geister Zuflucht finden –
Dunkle Höhlen, Bakchos' Haus!
O sei gegrüßt mir, Herr des wilden Schwarms,
Dionysos, du Jäger, dem der Mensch
– Wie Pentheus' Ende zeigt! –
Kaum mehr als eine Häsin gilt:
Zu Tod gejagt, gerissen und zerfetzt!

Mein Land! Gebirg und Fluß!
Du, Fels! Und Pleistos' Flut! Poseidons Herrlichkeit!
Euch allen, und dem Höchsten, dem Vollender:
Zeus im Himmel,
Gilt mein Gruß!
Ich bete zu euch: Segnet, wie ihr's immer tatet,
Götter, meinen Schritt
Und laßt den Eingang glücklich sein.
Wenn aber Pilger hier sind,
Griechen, die auf Weisung warten –
Ihnen wird Bescheid.
Bescheid durch Gottes Spruch und meinen Mund,
Wenn sie, so wie's das Los bestimmt hat,
Einer nach dem andern in den Tempel treten.

geht hinein und stürzt gleich darauf wieder hinaus

O Jammer! Weh! Entsetzens-Bild:
Nicht zu beschreiben,
Nicht mit Augen anzuschaun –
O grauenvoller Anblick,
Der mich,
Ich betrat es kaum,
Aus meinem Tempelhaus vertrieb:
Nur fort! Nur fort!
Jedoch... ich konnte nicht!
Die Knie zitterten,
Die Beine trugen nicht,
Die Arme mußten her!
Auf allen vieren,
Wie ein kleines Kind,
So kroch ich alte Frau zurück:
Doch, weh, die Angst kroch mit!

spricht besonnener

Als ich die reichgeschmückte Kammer öffnete,
Da sah ich, nah dem Nabelstein,
Im Dämmern einen Mann,
Der in den Händen,
Seinen roten blutbefleckten Händen,
Rechts das Schwert hielt,
Das noch naß war,
Links,
Mit weißer Wolle eingehüllt,
So wie's der Brauch verlangt,
Den Zweig vom Ölbaum:
Schlank und hoch.
Ich hab's genau gesehn,
Und auch die Frauen sah ich:
Eine Schar von Weibern,
Fremd und fratzenhaft –
Die schliefen, auf den Stühlen hingehockt,
Rings um den Mann am Herd.
Nein, keine Fraun!
Gorgonen!

Aber auch Gorgonen nicht:
So wie sie das Gemälde zeigt,
Die schwarzen Furien,
Die Phineus frech die Speise rauben:
Er will essen und sie tragen's fort
Und mengen Unrat drein:
»Friß Kot oder du stirbst den Hungertod!«

Nein, die hier sahen anders aus:
Schwarz und ekelhaft wie ihre Schwestern,
Aber flügellos.
Sie schnarchten laut, ihr Atem stank:
Unmöglich, sich zu nahn!
Aus wilden Augen troff der Eiter
– Widerlich! –,
In ihren Haaren nistete die Schlangenbrut
Und ihre Kleider...
Fetzen, die kein Gott, kein Mensch ertragen mag!
Das tote Bild selbst würde blind, wenn es sie säh!
Wo ist das Land, das solche Wesen,
Solche nie geschauten Fraun,
Ernährt und sagen darf:
»Auch die hier sind aus meinem Schoß«?

Nicht ich,
Der große Loxias,
Apollon,
Der im Tempel herrscht,
Er mag entscheiden,
Was geschehen soll.
Er ist ein guter Seher
Und zugleich ein guter Arzt,
Hat Rat für jedes Haus
Und weiß, wie's zu entsühnen ist,
Wenn es die Pest befallen hat.

Seherin ab, die Pforte öffnet sich: schlafende Erinyen, in der Mitte, am Stein, Orest mit Binde, Schwert und Zweig. Neben ihm Apoll. Im Hintergrund Hermes.

APOLL *(zum am Stein knienden Orest)*:

Hab keine Angst. Ich bleibe bei dir. Bis zuletzt.
Auch wenn ich fern bin und du mich nicht siehst:
Sei ohne Furcht.
Nie wird dein Feind frohlocken. Nein, ich gebe dich nicht preis.
Hier! Schau die Frauen an: Sie sind gefesselt,
Tun dir nichts. Der Schlaf hält sie gefangen:
Graue Schatten, die die Nacht gebar.
Kein Gott, kein Mensch, kein Tier begleitet sie,
Die alten Frauen,
Die das Unheil lockt, das Böse und die Finsternis,
Im Kerker drunten, wo sie hausen,
Tief im Tartarus: verhaßt den Menschen
Und den Göttern im Olymp.
Auf jetzt, Orest!
Du brauchst viel Mut: Sie werden dich verfolgen,
Und wohin du immer fliehst –
Sie wittern deine Spur und jagen dich!
Du bist das Beutetier – die Jäger sie!
Sie treiben dich – du irrst umher
Und gehst im Kreis: Das Land wird Meer,
Das Meer wird Land.
Weit mußt du laufen, Kind, und darfst nicht müde werden,
Bis du Athenes hohe Stadt erreichst.
Dort halte ein, setz dich zu Füßen ihres alten Steins,
Lege die Arme um ihr Bild
Und – sei getrost!
Wir haben Richter, gute Richter, dort
Und wissen Worte, die zur Milde stimmen:
Frei wirst du sein, Orest!
Und keine Not und kein Verderben mehr!
Denn du bist schuldlos. *Ich* befahl den Mord.

OREST: Du weißt was Recht ist, Herr,
Und du weißt auch, was Hilfe ist:
Denn eins gehört zum anderen.
Du hast den Mord befohlen
Du entsühnst mich auch.
Herr! Steh mir bei und laß mich nicht allein!

APOLL: Vertrau auf mich, wenn dich die Angst besiegen will.
(zu Hermes) Du aber, Bruder, sei ein guter Wächter

Und behüte ihn!
Mach deinem Namen – Weggeleiter – Ehre!
Zeus selber ehrt die Ausgestoßenen,
Ihr Recht und ihre Boten:
So wie er die Menschen liebt,
Die den Verjagten Heimat geben.

Hermes und Apollon ab. Klytaimestras Schatten taucht vor den Erinyen auf.

KLYTAIMESTRA: Ihr schlaft? Ihr träumt?
Hier ist nicht Schlafenszeit!
Ich kann nicht schlafen.
Warum laßt ihr mich allein –
Allein unter den Toten?
Ganz allein!
Denn keiner hilft mir,
Wenn mich die Erschlagenen
Zum Richterstuhl schleifen:
Da! Die Mörderin!
Das allerschlimmste Weib!
Und ich muß mich verkriechen
Wie ein Hund,
Weil ihr nicht da seid.
Weil ihr *schlaft.*
Ich hab getötet. Das ist wahr. Ich leugne nichts.
Aber den Blutsverwandten-Mord,
Den schlimmeren,
Wer klagt den an, wenn ihr verstummt?
Kein Gott rührt seine Hand für mich.
Da! Seht! Die Wunde!
Schaut sie euch in eurem Herzen an,
Dem dunklen Licht, das in den Nächten heller strahlt
Als jedes Augenpaar bei Tag,
Weil es vorausschaun kann.
Noch immer stumm? Weh! Wie verhöhnt ihr mich:
Vergeßt, was ihr von meiner Hand empfingt.
Das Honigwasser und die süße Milch
Habt ihr geschlürft
Und habt um Mitternacht das Mahl bekommen,
Das ich euch am Feuer briet.
Die Götter ruhten – und ihr feiertet!

Und dafür nun der Dank!
In Staub getreten alles! Meine Gaben mit dem Fuß zerstampft!
He!! He!! Der Mann ist fort!
Seht! Wie ein Rehkitz ist er euch entschlüpft –
Ein Kälbchen,
Das mit leichtem Huf das Netz zerreißt.
Da hockt kein Mann mehr!
Da sitzt Hohn und Spott!
Wacht endlich auf, kommt zur Besinnung, Fraun!
Um meiner Seele, meiner armen Seele willen:
Hört mich an, ihr Totengeister!
Klytaimestras Schatten spricht zu euch!

Der Chor stöhnt.

KLYTAIMESTRA: Ja murrt nur! Stöhnt so viel ihr wollt!
Er ist schon weit, der Mann.
Denn er hat Freunde, die ihm helfen.
Ich hab niemanden.

Der Chor stöhnt.

KLYTAIMESTRA *(schreit)*:
Ihr stöhnt und stöhnt – und wacht nicht auf:
Orest ist fort! Der Mörder frei!

Der Chor stöhnt.

KLYTAIMESTRA: Murren und Schlafen! Könnt ihr denn nichts anderes?
Wacht endlich auf! Verfolgt den Mann!
Nicht Unheil *leiden* –

zu einer Erinye

Unheil *schaffen* ist dein Amt!

zu allen

Ihr Pflichtvergessenen!
Das Böse *tun*, nicht *dulden:*
Dafür seid ihr da!

Der Chor stöhnt.

KLYTAIMESTRA: Gemeinsam, scheint es, haben Schlaf und Mühsal
Sich vereint, um diesen Drachen zu erlegen:
Ohne Kraft, das Tier!
Gebt ihr schon auf? Jetzt? Nach dem kurzen Weg?
He! Seid ihr tot?

ERINYEN *(im Schlaf)*:

Faß! Faß! Immer nach! Faß! Immer nach!
KLYTAIMESTRA: Ihr bellt wie Hunde, die das Wild verfolgen:
Eine Meute auf der Jagd.
Aber ihr bellt nur – euer Traumwild ist längst fort.
Wacht auf! Bezwingt die Müdigkeit!
Verschlaft nicht unser Leid:
Dies Strafwort schneide euch ins Herz!
Reißt ihn nicht aus,
Den Stachel meines Fluchs!
Bedenkt: Schmerz wird euch vorwärtstreiben,
Wenn ihr müde seid.
Die Segel hoch!
Und laßt den Blutwind wehn!
Dörrt ihn mit eurem Feueratem aus,
Und laßt ihn brennen!
Zur Hatz! Ein zweites Mal! Zur Hatz!
CHORFÜHRERIN *(herumgehend)*:
Wach auf! Wach auf! Und du! Weck die da auf!
He! Abgeschüttelt! Weg den Schlaf!
EINZELNE ERINYEN *(erwachend)*:
Da! Weh! Trugtraum! Wahrtraum! Ach!
CHOR: O weh! Wehe, Schwestern! Das Leid!
Die Mühsal!
CHORFÜHRERIN: Ganz umsonst!
CHOR: Die Qual! Der Schmerz!
Das Tier aus dem Garn!
Das Wild aus dem Netz!
CHORFÜHRERIN: Betrogen vom Schlaf!
Beutegeprellt!
Fort ist der Fang!
CHOR: Weh, Zeuskind!
Verschlagener Dieb!
CHORFÜHRERIN: Mich, die Ältere,
Wirfst du zu Boden!
Verlachst mich!
CHOR: Den Flüchtling ehrst du?
Den Muttermörder?
Du! Ein Gott,
Den gottlosen Mann?

CHORFÜHRERIN: Fort ist
– Gestohlen –
Das Recht!
CHOR: Weh! Traumgesprochenes Scheltwort:
Scharfzielend
Wie ein Peitschenschlag
Hast du mein Herz
Und die Leber
Getroffen.
Das Blut erstarrt
In Eis.
Vor Kälte schaudernd
Bin ich fieberheiß.
Zugeschlagen hast du,
Folterknecht!
Zugeschlagen,
Henker mit der Geißel in der Hand!

Ihr jungen Götter,
die ihr »Recht«
»Gewalt« und »Herrschaft« nennt:
Seht ihn nur an,
Den blutigen Thron,
Den Nabelstein:
Da! Sockel, Lehne,
Fuß und Haupt,
Von Bächen
Des verruchten, mörderischen Blutes
Überströmt!

Den eigenen Herd
Hast du besudelt,
Apollon:
Selbstgewollt und selbstgetan!
Dein Haus entweiht,
Die Kammer,
Die im Dunkel drinnen ist,
Befleckt!
Die Menschen ehrend,
Brachst du Götterrecht!

Verhaßter Mann!
Weh! Wenn du könntest,
Tilgtest du uns aus!
Uns alle!
1. CHOR: Nein!
2. CHOR: Das wird nie geschehn!
EINE ERINYE: Läßt du ihn frei,
ZWEITE ERINYE: Ich fang ihn wieder!
DRITTE ERINYE: Sucht er Versteck,
VIERTE ERINYE: Ich finde ihn schon.
FÜNFTE ERINYE: Unter der Erde
SECHSTE ERINYE: Sind wir zuhaus.
SIEBTE ERINYE: Flieht er den Mord,
ACHTE ERINYE: Wir schicken ihm Mörder!
APOLL *(zurückkehrend)*:
Hinaus mit euch! Verlaßt das Tempelhaus! Und schnell!
Fort, sage ich! Dies ist nicht *euer* Opferstein!
Hinweg, bevor euch meine helle Flügelschlange trifft!
Ein Zupfen an der goldgewirkten Sehne –
Und ihr schreit
Und speit in dicken Klumpen Schaum aus,
Schaum von Menschenblut,
Das ihr getrunken habt.
Dies hier ist *mein* Haus. Ihr gehört nicht her!
Geht dahin, wo man Häupter köpft,
Die Augen ausbohrt, wo Gericht gehalten wird
Und wo die Schädelstätte ist,
Wo man die Kinder schändet,
Wo die Knaben nicht zu Männern werden können,
Wo Krüppel und Gehenkte wimmern
Und Gepfählte unter Qualen stöhnen:
Wißt ihr nun, warum die Himmlischen euch hassen?
Weil ihr euch an Martern freut
Und Schmerzen – Feste nennt!
Schaut euch im Spiegel!
Jeder Zug – das Haar, die Schlangen, die Gestalt! –
Belegt mein Wort, und ihr seid überführt.
In Löwenhöhlen könnt ihr hausen,
Aber nicht im Heiligtum,

Dem dunklen Stein,
Wo ihr euch – jedermann ein Greul! –
An Mauern reibt
Als hocktet ihr in einem kotbefleckten Stall!
Hinaus! Fort! Gottverhaßte Herde,
Die kein Hirte weiden mag!

CHORFÜHRERIN: Jetzt komme ich, Apoll!
*Mit*schuldig, heißt es, seist du an der Tat?
Falsch! Du trägst allein Schuld!
Du bist der Mörder! Du allein!

APOLL: Ich? Redet! Sprecht nur weiter!

CHORFÜHRERIN: Dein Spruch befahl den Muttermord.

APOLL: Nein! Rache für den Vater – sehr gerecht!

CHORFÜHRERIN: Er hat getötet – und du nimmst ihn auf?

APOLL: Nur zur Entsühnung lud ich ihn in dieses Haus.

CHORFÜHRERIN: Wir aber, sein Geleit, sind ungebeten?

APOLL: Dies ist kein Haus für jedermann.

CHORFÜHRERIN: Aber für uns! So will's der Auftrag, den wir...

APOLL: ... hoch in Ehren halten. Ja. Ihr rühmt euch gern.

CHORFÜHRERIN: Den Muttermörder jagen wir aus seinem Haus.

APOLL: Die Frau jedoch, die ihren Mann erschlug... ach?
Die verfolgt ihr nicht? Die...

CHORFÜHRERIN: ... ist dem Mann nicht blutsverwandt.

APOLL:
Wie? Zeus' und Heras hoher Bund,
Ehe und Treue
Gelten euch für nichts?
Auch Kypris, die den Menschen Liebe schenkt,
Das höchste Gut, –
Mit leichten Worten sei sie abzutun?
Ihr irrt. Die Ehe ist für Mann und Frau gleich heilig,
Denn ihr Lager wird von Dike strenger als der Eid bewacht.
Und trotzdem wollt ihr Gattenmörder nicht verfolgen?
Laßt die Tat geschehen?
Blickt zur Seite?
Gut! Dann dürft ihr auch Orest nicht strafen!
Hüben Milde, drüben Unerbittlichkeit,
Sanftmut und wilder Zorn: einander widerstreitend –
Das ergibt kein Recht, dem ich mich beugen kann.

Und darum rufe ich Athene an. Sie mag entscheiden.
Ihr will ich gehorchen.
CHORFÜHRERIN: Sag, was du willst. Der Mann entgeht uns nicht.
APOLL: Also verfolge ihn. Es kostet deinen Schweiß.
CHORFÜHRERIN: Verlachst du mich? Weißt nicht, was Ehre ist?
APOLL: Deine? Die behalte nur!
Ich nähme sie noch nicht einmal geschenkt!
CHORFÜHRERIN: Wozu auch? Da du an Zeus' Thron der Nächste bist?
Aber das nützt dir nichts! Das Blut ist frisch –
Ich rieche seine Spur!
Die Jagd beginnt, schon ist die Meute los.
Ich finde ihn.
APOLL: Ich aber steh ihm bei und helfe ihm.
Wer einen Schutzbefohlenen verläßt,
Der Hilfe sucht,
Ist hassenswert: bei Mensch und Gott!
Ich gebe keinen Menschen preis, der mir vertraut.

Die Akropolis von Athen, ein Platz vor dem Tempel. Orest umklammert Athenes Kultbild.

OREST: Herrin, Athene! Auf Apolls Befehl bin ich gekommen:
Du, Göttin, nimm den Mörder gnädig auf.
Nicht fluchbeladen, nicht mit blutbefleckter Hand
Steh ich vor dir.
Die Schuld ist stumpf geworden
Und auf dem weiten Weg verblaßt,
Von Mauern abgerieben,
Ausgedörrt auf freiem Feld
Und weggespült vom Meer.
Apollons Wort getreu,
Ihm folgend,
Nah ich deinem Bild.
Dies ist dein Tempel, Herrin.
Hier erwarte ich den Spruch.
CHORFÜHRERIN *(auf der Verfolgungsjagd nach Orest)*:
Da! Schaut! Die Spur! Ganz deutlich!
Dort! Sie winkt! Zeigt uns
Mit stummem Wort

Den Weg!
Wie Hunde auf der Fährte eines Rehs,
Das waidwund flieht,
So folgen wir den Tropfen seines Bluts
Und wittern Schweiß.
Von wilder Hetzjagd
Geht mein Atem schwer, die Lunge keucht, die Seiten stechen:
Abgegrast das ganze Land!
Sogar das Meer auf flügellosem Flug durchquert:
Weit schneller als ein Schiff! –
Ganz in der Nähe hat er sich versteckt.
Geruch von Menschenatem!
Sucht! Blut lacht mich an!

CHOR *(gemeinsam oder in Gruppen)*:
Schaut hin! Und noch einmal: Schaut!
Faßt euch an! Ringt ihn ein!
Straflos, Muttermörder,
Entwischst du uns nicht.
Da! Sieh! Unterm Stein!
Festgekrallt! In guter Hut!
Schmeichelt, angeschmiegt, die Schuld hinweg!
Läßt Pallas Richterin sein!

CHORFÜHRERIN: Die? Niemals wird das geschehn!

CHOR: Mutterblut,
Ausgeschüttet und niedergeströmt,
Zerronnen,
Im Boden versickert!

CHORFÜHRERIN: Das wird er bereuen, der Mann!

CHOR: Das wird er büßen!
Aus lebendigem Leib schlürfen wir ihm
– Blut, das Blut vergossen hat –
Den Opfertrank.
Er wird mich tränken,
Er wird mich speisen.
Das Fleisch, das Blut,
Das niemand will –
Mich macht es satt!

CHORFÜHRERIN: Und Schluck für Schluck!

CHOR: Und Biß für Biß

Zehr ich dich auf
Und schlepp dich mit:
Hinab mit dir!
Den Mord mit Mark und Bein und Blut bezahlt!
CHORFÜHRERIN: Bald schon, im Totenreich!
CHOR: Bald wirst du sie treffen,
Die Frevler,
Und du wirst sehen:
Wer sich an Göttern,
An Fremden, an Eltern vergeht:
Erhält dort
– Lohn, der kein Lohn ist! –
Den Sold
Und zahlt zurück,
Was er verschuldet hat.
CHORFÜHRERIN: Du großer Hades!
CHOR: Alles Wissender! Alles Erinnernder!
Dort unten, wo die Schatten sind,
Verlangst du Rechenschaft,
Du, Totengott!
Und schaust den Mann
Mit deinen großen Augen an
Und schreibst,
Was er dir schuldig ist,
Ins Buch.
OREST: Belehrt vom Leiden und im Elend wohl erprobt
Weiß ich, was Schuld ist,
Doch ich weiß auch,
Daß es Buße und Entsühnung gibt.
Ich hab gelernt, wenn es zu schweigen gilt
Und wo man sprechen muß.
Jetzt – ich bedenke meine Lage und erinnere die Worte,
Die der weise Lehrer mir verkündet hat –,
Jetzt muß ich reden: So befiehlt's Apoll!
Die Blutschuld schläft; die Hand ist trocken,
Und der rote Fleck verblaßt.
Als er noch frisch war, hat ihn Opferblut von jungen Ferkeln
Auf Apollons Herd getilgt.
Blut schwemmte Blut fort

Und die Schuld war weggespült:
Sie *war's!*
Ich müßte lange reden, wenn ich all die Menschen nennen würde,
Denen ich, auf meiner Flucht, ein Gastfreund war:
Und keiner wurde angesteckt von meinem Fluch!
Keiner kam zu Fall!
Mit reinem Herzen rufe ich die Herrin dieses Landes, Pallas, an:
Steh mir zur Seite, Göttin,
Bring den Frieden und laß mich, mein Land und unser ganzes Volk
Athens getreuer Helfer sein:
Vereint mit euch, für alle Zeit, in einem festen Bund.
Wo du auch bist und was du tust –
Im fernen Lybien oder, ganz nah bei mir,
An Tritons Ufer; dort wo du geboren bist –
Ob du, im Kampfgetümmel deine Kleider hebst
Oder sie, ruhig sinnend, bis zum Knöchel fallen läßt,
Ob du, der kühne Feldherr, Phlegras Feld bewachst...
Wo du auch bist, du Sturmwind und du stille Ruh,
Jungfrau und Mann,
Hilf mir in meiner Not!

CHORFÜHRERIN: Nie wird Apollon, nie Athene dich beschützen!
Nein! Du wirst verkommen! Ganz allein sein!
Nie mehr Freude lernen!
Schatten! Irrwisch! Du Gespenst, dem wir das Blut aussaugen,
Bis du leergetrunken bist!
Ausgeschlachtet wie ein Vieh!

CHOR: Du schweigst?
Speist meine Worte aus?
Nicht lange mehr!
Für mich allein,
Und keinen sonst,
Bist du gemästet,
Du! Mein Opfertier!
Nicht am Altar geschlachtet:
Lebend schon ernährst du mich!
Hör zu! Das Lied!
Den Opfersang,
Der dich in Fesseln legt!

CHORFÜHRERIN *(dem Chor präludierend)*:
Kommt! Laßt uns singen!
Auf! Schließt den Reigen!
Singt ihm das grausame, schreckliche Lied!
Hei! Laßt ihn hören,
Wie wir in Scharen
Die Lose verteilen,
Wie wir den Guten
Freundlich begegnen,
Wenn sie die Hände,
Die reinen, uns zeigen:
Glück auf den Weg euch
Und Freude für immer!
Aber die Frevler,
Die – wie der Mann hier! –
Blutige Hände
Tückisch verbergen:
Sie zu verfolgen,
Den Mord zu bezeugen,
Die Toten zu rächen
Ist unser Amt.
Wehe dir, Mörder,
Wenn wir dich packen!
Wir trinken dein Blut!

O Mutter,
Die du mich geboren hast,
Um die zu strafen,
Die im Dunkel sind
Und auch die anderen im Licht:
Die Blinden und die Sehenden,
Gaia! Mutter! Höre mich!
Und sieh, wie Letos Sohn
Dein Kind entehrt
Und ihm das Tier entreißt,
Das ihm gebührt.
Mein ist der Mann!

Singt dem Opfer das Lied,
Das Wahnsinnslied,

Das Lied vom Irrsinn,
Das betörende Lied,
Singt ihm den Rachegesang,
Das Lied ohne Harfe,
Das Totenlied,
Das dich bindet
Und dich verzehrt.

CHOR: O große
Unverrückbare
Pflicht:
Du, Moira,
Alldurchdringende,
Hast sie uns auferlegt:
Den Menschenmördern
Nah zu sein,
Den Frevlern,
Die den Blutsverwandten töten
Und sich selbst!

O Los, das nie,
In Ewigkeit nicht,
Abzuschütteln ist:
Die blinden Menschen
Zu begleiten,
Bis sie hinuntergehen,
Dorthin, ins Dunkel,
Wo es keine Freiheit gibt.

Singt dem Opfer das Lied,
Das Wahnsinnslied,
Das Lied vom Irrsinn,
Das betörende Lied,
Singt ihm den Rachegesang,
Das Lied ohne Harfe,
Das Totenlied,
Das dich bindet
Und dich verzehrt.

Fern von den Göttern
Und beim Mahl: allein

Im schwarzen Gewand,
Ausgeschlossen
Von geselligen Festen zu sein:
So war's uns von früh auf bestimmt.
Nie waren wir jung,
Nie tranken wir, im hellen Kleid,
Den Wein mit Göttern und Menschen.
Immer im Dunkeln, immer allein!

Doch Häuser zu stürzen,
Wenn Krieg, der kein Krieg ist,
Nein! kriechender Mord,
Zu rasen beginnt:
Das können wir gut!
Da sind wir zur Stelle
Und jagen ihm nach
Und springen ihn an
Und löschen ihn aus.

Blutspruch und Rache-Gericht:
Nicht braucht das die Götter,
Die Fürsten im Himmel,
Zu kümmern.
Wir tragen die Sorge.
Wir leiden die Qual.
Sie aber, die Göttlichen,
Niemals gedenken sie derer,
Die sie von elender Mühe entlasten.
Hassenswert sind wir ihnen!
Blutgierig nennen sie uns!
Fern von den Göttern
Müssen wir leben.

Häuser zu stürzen,
Wenn Krieg, der kein Krieg ist,
Nein! kriechender Mord,
Zu rasen beginnt:
Das können wir gut!
Da sind wir zur Stelle
Und jagen ihm nach

Und springen ihn an
Und löschen ihn aus.

Menschenruhm,
Groß und erhaben,
Mag er zum Himmel aufsteigen:
Wir lassen ihn stürzen,
Und kläglich
Versinkt er im Staub:
Im schwarzen Sprung angefallen,
Der stolze,
Niedergestampft
Von den tanzenden Füßen!

Hoch von oben herab!
Mächtiger Satz!
Wirbelnder Staub!
Die müden Glieder,
Auf und ab und ab und auf
Von stampfender Sohle
Dumpfdröhnend geschüttelt!

Hinstürzt er –
Und jubelt dazu,
Spürt, blutschuldumschwebt, nicht,
Daß er fällt,
Hört nicht,
Rings um sich her,
Das Gestöhn:
»Weh, dunkler Schatten,
Weh dir, Nacht!
Weh, Finsternis,
Die auf das Haus gefallen ist.«

Hoch von oben herab!
Mächtiger Satz!
Wirbelnder Staub!
Die müden Glieder,
Auf und ab und ab und auf,
Von stampfender Sohle
Dumpfdröhnend getroffen!

So also bleibt:
Erfindungsreich,
Allwissend
Und des Bösen eingedenk,
Von Menschenwünschen unberührt
Verwalten wir,
Den Göttern fern,
Im sonnenlosen Licht der Nacht
Ein ungeliebtes,
Ungeehrtes, strenges Amt,
Tief unten im Felsen zuhaus:
Kein Toter, kein lebendiger Mann
Ist je dort gewesen.

Wehe dem Menschen,
Der uns, mit frommem Schauder,
Nicht fürchtet,
Wenn er vernimmt,
Was uns die Moiren bestimmten:
Gottbesiegelte uralte Satzung,
Heiliges Recht!
Mag mir dort drunten
Im lichtlosen Sumpf
Die Nacht die einzige Gefährtin sein –
Ich hab *doch* meine Ehre!

ATHENE *(mit Speer und Schild, der Aigis)*:
Aus weiter Ferne hörte ich den Ruf: die Stimme,
Die bis zum Skamander, nah bei Troja, drang,
Wo ich die Ländereien übernahm, mit Frucht und Wurzel,
Die Achaias Feldherrn, Griechenfürsten,
Mir als Beutestück gegeben hatten:
Erbteil eines langen Kriegs, den Bürgern dieses Lands vermacht.
Behütet von den Schwingen meines großen Schilds
Durchflog ich leichten Schritts den Himmelsraum
Und finde, heimgekehrt, die Frauenschar an meinem Herd:
Nicht furchterregend, aber staunenswert.
Wer seid ihr? *Beide* frag ich euch –
Den Mann dort, der mein Bild umfangen hält,
Und euch hier, die ihr weder Göttern ähnlich seht

Noch Menschen: im Himmel nicht zuhaus
Und auf der Erde fremd.
Doch wär es ungerecht und schändlich,
Wenn ich, selber schön, euch rügte,
Weil ihr anders seid als ich.

CHORFÜHRERIN: Mit knappem Wort, Athene, kann ich dir viel sagen:
Nacht hat uns geboren, »Flüche« heißen wir im Totenreich.

ATHENE: So weiß ich, wer ihr seid und wie ihr heißt.

CHORFÜHRERIN: Erfahr nun auch die Würden – und den Rang, der uns gebührt.

ATHENE: Ich will es wissen. Klar und deutlich. Sprecht.

CHORFÜHRERIN: Die Menschenmörder treiben wir aus ihrem Haus.

ATHENE: Wohin? Gibt es ein Ziel?

CHORFÜHRERIN: Ja. Dort, wo keine Freude ist.

ATHENE: Auch diesen Mann hetzt ihr dahin?

CHORFÜHRERIN: Ja. Mit Rabenflügeln über ihm! Dem Schatten, der zu kreischen weiß!

ATHENE: Wozu die Jagd?

CHORFÜHRERIN: Weil er ein Mörder ist.

ATHENE: Aus Angst vielleicht?

CHORFÜHRERIN: Ein Muttermörder!

ATHENE: Fürchtete die Drohung eines anderen?

CHORFÜHRERIN: Die Geißel, die den Mord erzwingt?

ATHENE: Hier sind *zwei* Zeugen. Dies war erst die halbe Rede, Fraun!

CHORFÜHRERIN: Die *ganze. (zeigt auf Orest)* Der schwört nicht.
Und wird mich auch nicht schwören lassen: weiß nicht ein noch aus.

ATHENE: Du willst gerechter *scheinen* als du *bist*.
Denn deine Rede stimmt mit deinem Wort nicht überein.

CHORFÜHRERIN: Warum? Belehre mich. Ich weiß: Du bist sehr klug.

ATHENE: Der Meineid, sage ich, führt nimmermehr das Recht zum Sieg.

CHORFÜHRERIN: Gut, dann verhör ihn nur und übernimm den Fall.

ATHENE: Schuld und Unschuld: *Ich* entscheide?

CHORFÜHRERIN: Wir überlassen dir den Spruch. Die Würde kommt dir zu.

ATHENE *(zu Orest)*:
Was willst du dem entgegnen, Fremder?

Nenn deine Heimat, deine Eltern, dein Ergehn:
Was du getan hast und warum du fliehst.
Man hat dich schwer beschuldigt: Weis die Klage ab,
Wenn du es kannst und, im Vertrauen auf dein Recht,
Mit guten Gründen, diesen Herd, mein Bildnis und die Opferflamme hütest –
Du, ein frommer Mann, der wie Ixion Sühnung sucht.
Gib Antwort – und verschweige nichts!

OREST: Zuerst das Letzte, Herrin: Laß mich dir die Sorge nehmen,
Daß ich mich als Fluchbeladener, mit blutbefleckter Hand,
An deinem Herd versteckte.
Nein, das ist nicht wahr!

Chor murrt

Ich kann's beweisen! Werd dich überzeugen!
Stumm, verlangt ein alter Brauch, muß jeder Mörder sein,
Bis ihm ein Mann, der sich darauf versteht,
Das Blut von einem jungen Tier über die Hände rinnen läßt:
Erst dann, wenn Blut das Blut bespritzt hat, darf er reden –
So wie ich, der längst entsühnt ist:
Losgelöst von aller Schuld
Durch fromme Waschung, Opfergabe und Gebet.
Von dieser Sorge also kann ich dich befrein.
Doch nun zu meiner Heimat, meinem Haus und meiner Tat:
Ich bin aus Argos – meinen Vater, Agamemnon,
Kennst du gut, den Herrn der Seegeschwader,
Den du Troja stürmen ließt –
Die Stadt, die keine Stadt mehr ist.
Er kehrte heim, der Mann, ja, er ist... heimgekehrt,
Ist tot. Doch nicht gefallen, nicht im Streit erschlagen – nein!
Mit einem bunten Tuch – so breit und mächtig wie ein Fischernetz! –
Hat meine Mutter ihn umhüllt,
Mit einem Laken, das noch jetzt den Mord bezeugt.
Ich aber, als *ich* heimkam – denn man hatte mich verbannt –,
Ich habe sie, um meines lieben Vaters willen, totgeschlagen,
Wie es Loxias befahl: Apollon,
Der mit Worten, die wie Geißelhiebe waren,
All die Leiden nannte – Qual und Elend! –,
Die mir drohten, wenn die Schuldigen am Leben blieben.

Weh! War's Recht? War's Unrecht? Schuld, Unschuld: Wie das wissen?
Du, Athene, magst entscheiden. Richte du: Ich gebe mich in deine Hand.

ATHENE: Ein schwerer Streit – *zu* schwer für einen Sterblichen:
Und auch der Göttin ist es nicht erlaubt,
In einem Rechtsstreit zu entscheiden,
Wo Haß den Haß anklagt
Und Mord sich gegen Mord verteidigt.
Du hier, Orest, bist längst entsühnt und rein;
Der Opferherd wird nicht entweiht durch dich,
Die Stadt bleibt unbefleckt:
Kein Vorwurf wird mich treffen, wenn ich dich beschütze.
Doch auch diese da, die Fraun: Ihr Anspruch, wohlbegründet,
Ist so leicht nicht abzuweisen.
Wenn sie unterliegen sollten,
Dann bedroht die Pest mein Land:
Dann läßt ihr Zorn das Gift zu Boden träufeln,
Das uns Frucht und Feld verseucht.
So steht es nun: Nehm ich sie auf? Weis ich sie ab?
Was ich auch tue, es ist falsch und bringt Gefahr.
Schick ich ihn fort? Laß ich sie siegen?
So oder so: Mein Volk wird leiden müssen.
Einen Ausweg gibt es nicht.
Doch da der Fall mir zur Entscheidung übergeben worden ist,
Wähle ich treue Männer aus: das Blutgericht meiner Geschworenen –
Sie sollen richten... jetzt und alle Zeit!
zu den beiden Parteien gewandt
Doch ihr, ruft eure Zeugen her,
Und bringt Beweise bei, die euer Recht bekräftigen:
Der Schwur allein tut's nicht.
Ich komme wieder, wenn die Bürger beieinander sind
Und das Gericht beginnt.

CHOR: Neues Gesetz
Zerbricht
Die Ordnung:
Umsturz,

Von Stund an,
Allüberall!
Die Welt aus den Fugen,
Das Schandrecht des Mörders
In Ehren!
Ungeahndet die Schuld!
Weh! Leichtfüßig
Wird dieser Frevel
Bald schon
Die Menschen
Zur Untat vereinen,
Wird Mord sie
Einander gesellen.
Weh! Fürchtet euch, Eltern!
Der Sohn mit dem blutigen Messer:
Frei läuft er herum!

Nie mehr wird Fluchsturm,
Nie mehr der Zornwind
Der rasenden Schar
Den Frevler verfolgen:
Losgebunden ist der Mord!
Und Nachbar hört es vom
Nachbarn,
Dem er sein Elend erzählt:
»Ich kann dir nicht helfen,
Es gibt keinen Trost.
Sie schlafen,
Sie ruhen,
Sie richten nicht mehr!«
Und keiner mag rufen,
Wenn ihn das Elend ereilt,
Keiner soll beten:
»O Recht!
O Herrschaft der Erinyen!«
Doch wehe! Sie *werden* es tun!
Weinen wird bald der Vater,
Weinen,
Vom frischen Leid niedergeworfen,

Die Mutter:
Denn Dikes Thron ist verwaist.

Du aber, Angst,
Heilbringend bist du
Dem Herzen
Und bewachst seinen Schlag.
Bleib hocken dort, Angst:
Nur unter Stöhnen lernen die Menschen.
Wer,
Sei's eine Stadt, sei es ein Mensch,
Wer,
Der das Licht schaut,
Ehrte das Recht,
Schlüge ihm Angst
Nicht im Herzen?

Herrscherlos nicht
Und nicht von Herrschern versklavt
Sollt ihr sein!
Mögen die Götter das eine
Mit leichter Hand hierhin,
Und dorthin das andere lenken:
Der Mitte,
Die Mäßigung schafft:
Ihr gaben sie Stärke,
Setzten sie allem voran
Und bestätigten uralten Spruch:
Gottlosigkeit
Ist die Tochter des Frevels.
Aus frommer Vernunft aber wächst,
Ersehnt und gesegnet,
Freundlichkeit unter den Menschen.

Ehre das Recht und zertritt nicht,
Auf Vorteil bedacht,
Knecht des Gewinns,
Ihren Altar!
Nah ist Vergeltung
Und – immer gilt dies! –

Gewiß nur das Ende.
Verehren soll jeder
Vater und Mutter,
Weil sie die Älteren sind
Und Würde besitzen.
Verehren soll er den Fremden:
Ihn schützend
Schützt er
Das eigene Haus.

Gesegnet,
Wer ohne Zwang,
Aus freien Stücken,
Gerechtigkeit übt:
Nie wird er im Elend verkommen!
Wer aber,
Unrecht auf Unrecht türmend,
Sein Schiff mit geraubter Ware befrachtet
Und glaubt – allzu kühn! –,
Ihn trügen die Wellen,
Der kentert: Die Zeit kommt gewiß!
Der streicht seine Segel,
Wenn ihm der Sturmwind
Die Rahen zerfetzt!

Dann wird er schreien
Und schiffbrüchig,
Sturm- und wirbel-umtost
Hilfe erflehn.
Doch keiner erhört ihn:
Ausgelacht wird er,
Droben im Himmel,
Wo Daimon ihm zuschaut,
Dem Dreisten:
Jetzt prahlt er nicht mehr!
Die See hält ihn fest,
Das Glück läßt ihn los,
Und Schiff und Besitz
Zerbersten
Am Felsen des Rechts.

Und er selbst:
Unbeweint und vergessen.

Areopaghügel: Ein Herold, die Richterschar, viel Volk. Orest am Rand der Szene, für sich allein. Athene erscheint in der Mitte.

ATHENE: Die Fanfare, Herold! Halt das Volk mit schrillem Ruf zurück,
Dem Ton tyrrhenischer Trompete, die, von raschem Atem angefacht,
Das Murren und Gebrüll der Menge übertönt.
Und wenn die Richter ihre Plätze eingenommen haben,
Mann für Mann, gebiete Schweigen,
Denn die ganze Stadt und alle Bürger sollen hören,
Was nun an gelten soll:
Die Satzung, die Gerechtigkeit verbürgt!

Trompetensignal. Apollon erscheint und tritt an Orests Seite.

CHOR: Apollon! Herrsche wo du willst: Nicht hier!
Was gehn dich unsre Händel an?

APOLL: Ich bin als Zeuge hier:
Der Mann dort ist mein Schutzbefohlener –
Ein Gastfreund meines Herds,
Durch mich von bösem Mord entsühnt!
Und ich komm auch als Angeklagter:
Ich habe Mitschuld an der Tat,
Denn ich befahl den Mord.

zu Athene

Doch nun fang an und führ den Streitfall
Durch – und laß ihn klug entscheiden!

ATHENE *(zu den Erinyen)*:
Ihr habt das erste Wort – und das zurecht;
Denn wenn der Kläger einen Fall von Anfang an genau erörtert,
Wie es begann und wie es weiterging,
Ist er der erste Lehrer des Gerichts.

CHORFÜHRERIN: Wir sind sehr viele, doch wir sprechen kurz,
Und der Beklagte mag uns Antwort geben,
Satz für Satz und Wort für Wort.
Zunächst der Mord! Hast du's getan? Bist du geständig?

OREST: Ja. Ich leugne nicht.

CHORFÜHRERIN: Drei Runden gibt's: die erste ging an mich!

ORest: Noch lieg ich nicht am Boden. Prahle nicht zu früh.
Chorführerin: Die zweite Runde: *Wie* hast du sie umgebracht?
Orest: Mit einem Schwert – den Hals zerschnitten.
Chorführerin: Und hattest Helfer? Einen Auftraggeber? Trieb dich jemand an?
Orest *(zeigt auf Apollon)*:
Hier: mein Zeuge. *Seinem* Spruch bin ich gefolgt.
Chorführerin: Der fromme Seher hetzte dich zum Muttermord?
Orest: Ich hab es nie bereut – bis jetzt.
Chorführerin: Bald wirst du anders reden: wenn der Stimmstein fällt.
Die Angst vorm Richtspruch hat schon manchen Prahlhans zittern lassen.
Orest: Mich nicht. Ich habe Helfer. Meinen Vater...
Chorführerin: Sieh da, der Muttermörder hofft auf die Gestorbenen!
Orest: O ja! Denn *zweifach* hat sie sich befleckt, die Frau!
Chorführerin: Ein Doppelmord? Erklär das dem Gericht.
Orest: Sich selbst schlug sie den *Mann* und mir den *Vater* tot.
Chorführerin: Und ist durch deine Mordtat frei. Du lebst.
Orest: Sie lebte auch nach Agamemnons Tod. Ihr aber tat'st du nichts.
Chorführerin: Der Mann den sie erschlug, war ihr nicht blutsverwandt.
Orest: Bin ich's denn? Ich... mit dieser Frau: verwandt!
Chorführerin: Du Gottverhaßter! Unterm Gürtel trug sie dich!
Willst sie verleugnen? Gut! Dann leugnest du... dich selbst!
Orest *(zu Apoll)*:
Jetzt mußt *du* helfen, Loxias! Komm, sei mein Zeuge
Und beweise ihnen, daß ich töten mußte.
Ob's gerecht war – oder frevelhaft: entscheide du.
Ich schließe mich dir an, wenn mich die Richter fragen.
Apoll: Es war gerecht!
Volk von Athen:
Ich rede wahr; denn wenn *ich* lüge, lügt auch Zeus.
Nie habe ich auf meinem Seherthron
Den Männern, Frauen, Bürgern,
Wenn sie mich befragten, Worte kundgetan,
Die mir nicht Zeus, der Vater, eingegeben hätte.

Darum: Wenn ich behaupte, diese Tat sei recht gewesen,
Dann spricht durch mich Zeus selbst.
Ihn müßt ihr fragen, Richter!
Er, der höchste Gott, ist mächtiger als jeder Schwur.

CHORFÜHRERIN: Wie? Zeus hätte dir befohlen:
»Sag Orest, er möge seinen Vater rächen,
Doch die Mutter könne er getrost vergessen«?
Das hätte Zeus gesagt?

APOLL: Ja, weil es nicht dasselbe ist,
Ob eine Frau – dazu noch Mörderin! – getötet wird
Oder ein Mann, der schuldlos ist:
Ein gotterwählter König, Fürst und Szepterherr –
Von einem Weib ermordet. Nicht getötet!
Nicht im Kampf erschlagen!
Nicht vom Amazonenpfeil, dem schwirrenden Geschoß, getroffen!
Nein! Jetzt merk auf, Athene! Hört ihr, Richter,
Ehe ihr den Stimmstein werft!
Er kehrte heim, der Fürst,
Der Krieg war günstig ausgegangen
– Wenn es Gunst im Kriege gibt! –,
Und sie empfing ihn freundlich,
Klytaimestra,
Und geleitete den Mann ins Haus, ins Bad.
Dort reichte sie ihm
Jenes schön gewirkte Tuch,
Nach dem er greifen wollte.
Doch bevor er's tat,
Warf sie das Laken
Wie ein riesengroßes Zelt
Ihm übers Haupt und fing ihn ein und schnürte zu und schlug ihn tot.
Jetzt wißt ihr, wie er starb, der große König:
Agamemnon, Herr der See.
Vergiß es nicht, Volk!
Richter, denkt daran! Mit einem Netz! Erwürgt! Den Wehrlosen!

CHORFÜHRERIN *(zu den Richtern)*:
Zeus, sagt er, hält den Vater hoch in Ehren:
Was gilt ihm eine Frau?

Das ist der gleiche Zeus, der seinen eignen Vater,
Kronos, einen alten Mann, gefesselt hat!
zeigt auf Apoll
Ein prächtiger Verteidiger, der da,
Mit seinem Kronzeugen!
Habt ihr gehört,
Wie er sich widersprach?

APOLL: Ihr gottverhaßten Ungeheuer! Tiere, ihr!
Die Fesseln kann man lösen,
Und ein Knoten schürzt sich schnell.
Wenn aber einer tot ist
Und der Staub sein Blut getrunken hat,
Dann steht der nicht mehr auf.
Dann weiß selbst Zeus kein Zauberwort,
Mein Vater,
Der doch sonst so mühelos
Aus unten oben und aus oben unten machen kann.

CHORFÜHRERIN *(Apoll nachahmend)*:
»Wenn einer tot ist, dann gibt's keine Wiederkehr«:
Ganz recht! *(zu den Richtern)* Er kämpft für mich!
auf Orest weisend
Und den verurteilt er!
Spricht ihn nicht frei – und könnte es auch nicht.
Denn nur ein Narr mag glauben,
Daß Orest, der Blut vergossen hat,
Im Mordhaus Opfer bringen,
An Altären beten oder fromme Feste feiern darf!

APOLL: Und trotzdem will ich dir beweisen,
Daß der Mann hier freigesprochen werden muß.
Die Mutter, sag ich dir, hat, was *gezeugt* ist,
nicht *er*zeugt.
Die Menschen irren, die der Ähnlichkeit der Worte glauben.
Sie *nährt* den Keim, bewacht die Frucht:
Doch *zeugen* tut allein der Mann.
Er *schafft*, sie *hütet:*
Gibt dem Gast,
Den ihr der Vater schenkte,
Herberge in ihrem Leib
Und schützt derart das anvertraute Pfand,

Des Vaters Kind,
Für Gott, der es bewahren will.
Ihr glaubt mir nicht?
Meint, niemand könne Vater ohne Mutter sein?
Dann schaut! *(zeigt auf Athene)* Die Zeugin steht vor euch!
Kein dunkler Schoß,
Nicht mütterliche Nacht,
Hat sie genährt –
Und trotzdem ist sie – seht! – die Herrlichste:
Ein Kind, wie keine Göttin sie gebären könnte!

zu Athene gewandt

Schwester! Deine Stadt und alles Volk wird glücklich sein,
Mächtig und groß. Dafür verbürg ich mich.
Ich habe diesen Mann zu dir an deinen Herd gesandt,
Damit er dir für alle Zeit Gefährte und Gefolgsmann sei –
Er und sein Volk und seine Nachkommen!
Verstoß ihn nicht! Beschütz ihn! Gib ein Zeugnis,
Daß ein Bund geschlossen werden soll,
Der unauflösbar ist.

ATHENE: Genug geredet jetzt!
Bedenkt die Worte, Richter,
Und entscheidet dann.

CHORFÜHRERIN: Die Pfeile sind verschossen: Ob sie trafen?
Warten muß ich, bis das Urteil fällt.

ATHENE *(zu Orest und Apoll)*:
Und ihr? Gibt's Widerspruch?

APOLL *(zu den Richtern)*:
Nein. Was zu hören war, habt ihr gehört.
Denkt jetzt an euren Schwur –
Und werft den rechten Stein!

ATHENE: Ihr Bürger dieses Landes! Du, Volk von Attika,
Das jetzt zum ersten Mal
Das König- und das Priesterrecht verwaltet,
Mord und Blut zu richten: Hör mich an!
Von diesem Tag an soll,
Für alle Zeit,
Der Hohe Rat sein Urteil sprechen:
Als Gericht des ganzen Volks.
Auf diesem Hügel

– Ares-Berg: Areopag, wie wir ihn nennen,
Weil hier die Amazonen ihren heiligen Bezirk
Dem Kriegsgott weihten,
Als sie unser Land besetzten,
Den Fürsten – Theseus war es – hart bedrängten
Und, ganz nah bei unsrer Burg,
Ihr gegenüber, hier, die Gegenburg errichteten –
Auf diesem Hügel,
Sage ich,
Beruht die fromme Scheu,
Die unser Volk erfüllt.
Nennt's *Ehr*furcht, die der Furcht verschwistert ist:
Hier haben beide ihre Wurzel:
Sie, die bei Tag und Nacht dem Unheil wehren: immerdar;
Es sei denn, daß ihr selbst, die Bürger,
Mein Gesetz durch dreiste Änderung verdürbt:
Denn wer den reinen Quell mit Schlamm beschmutzt,
Verdurstet schnell.
Darum: Beugt euch nie der Gewalt – und seid nie zügellos:
Das Recht behütend denkt daran, daß Sklaverei und Aufstand Brüder sind.
Laßt auch den Schrecken bei euch wohnen –
In einem Winkel jedenfalls:
Wer ist gerecht, der nicht den Schauder kennt?
Ehrt diesen Hohen Rat und fürchtet ihn!
Er ist das Bollwerk dieses Landes
Und die Rettung unsrer Stadt:
Ein Schutz, wie ihn nicht einmal der Gerechteste
In Pelops' Land oder in Skythien besitzt.

zum Gericht

Dies ist dein Auftrag:
Unbestechlich sollst du sein,
Bedächtig, doch voll Leidenschaft:
Ein weiser Rat,
Von dem geschützt die Menschen ruhig schlafen können.
Kommt! Ich habe lang gesprochen,
– Denn die Satzung soll für alle Zeiten gelten –
Und schon jetzt.
Entscheidet Richter, eurem Schwur getreu.

Alles ist gesagt.

Während des folgenden Gesprächs treten alle zwölf Richter an die Urne und werfen die Steine ein.

CHORFÜHRERIN *(zu den Richtern)*:
Ich rat euch gut: Schmäht meine Ehre nicht.
Wir sind im Land,
Euch nah!
Und können strafen!

APOLL: Und ich geb zu bedenken: Fürchtet meinen Spruch
Und laßt, was er – und durch ihn Zeus! – geboten hat,
Nicht fruchtlos sein.

CHORFÜHRERIN: Du! Misch dich da nicht ein!
Hier geht's um Blut! Um Mord!
Davon verstehst du nichts, du Narr!
Nur eine Weile noch – und keiner glaubt dir mehr!

APOLL: Dann, meinst du, war auch Zeus ein Narr,
Als er Ixions Fleheschrei erhörte
Und dem Mörder half?

CHORFÜHRERIN: Du sagst es. Ja. Er *war* ein Narr.

APOLL: Ixion, Frau! Es ist schon einmal jemand freigesprochen worden!

CHORFÜHRERIN: Diesmal nicht! Wenn ich verliere,
Kehre ich zurück – und räche mich an diesem Land!

APOLL: Du? Gottverhaßt bei alt und jung? *Ich* werde siegen.

CHORFÜHRERIN: Im Menschenhandel bist du tüchtig, Mann.
Hast ja den Tod schon einmal um sein Beutegut geprellt!

APOLL: Ganz recht, um eine Frau!

CHORFÜHRERIN: Alkestis. Du betrogst die Moiren!

APOLL: Betrog?

CHORFÜHRERIN: Betäubtest sie!

APOLL: Mit Wein! Das stimmt.

CHORFÜHRERIN: Die Greisinnen!

APOLL: Und so betrunken!

CHORFÜHRERIN: Ein Spott ist dir Gesetz und Recht.

APOLL: Weil's einem Mann zu helfen gilt? Orest?
Oder Admet, der seine Frau verlor?
Den Freunden, die in Not sind, beizustehn,
Scheint mir gerecht zu sein.

CHORFÜHRERIN: Red was du willst. Ist doch vertan!
APOLL: So wie dein Gift, das keinem schaden wird.
CHORFÜHRERIN: Weh, junger Gott! Du rennst mich um!
Ich aber warte ab
Und halte meinen Zorn zurück... nicht lange mehr vielleicht!
Die Richter haben ihre Steine eingeworfen und ihre Plätze wieder eingenommen. Athene steht auf und geht zur Urne.
ATHENE: Ich bin die letzte, so ist es bestimmt,
Und dies der letzte Wurf.
hebt den Stein
Hier! Meine Stimme für Orest!
an der Urne
Seht! Seiner Sache füg ich diesen Stein hinzu.
Er ist ein Mann – und ich...
Ich bin das Kind des Vaters –
Bin wie Zeus:
Von keinem Mutterschoß geboren,
Ehelos
Kann ich, die Göttin,
Die kein Gott an Weisheit übertrifft,
Den Tod der Frau nicht höher werten
Als den Tod des Manns: *Er* ist das Haupt!
Wenn eure Stimmen gleich sind, Richter,
Dann wird *mein* Stein den Ausschlag geben
Und Orest ist frei!
zu zwei Richtern
Ihr beide, schüttet jetzt die Steine aus – und zählt!
Die Urnen werden geleert, die Stimmen gezählt.
OREST: Phoibos Apoll! Wohin wird's gehn?
CHOR: O schwarze Mutter, schau herab!
Und schau die Steine an: Wie's fällt!
OREST: Ganz nah jetzt! Weh!
Der Strang! Das helle Licht!
CHORFÜHRERIN: Im Abgrund? Oder hochgeehrt?
APOLL *(zu den Richtern)*:
Zählt nach! Zählt zweimal nach!
Hierhin den schwarzen und dorthin den weißen Stein!
Bedenkt: ein Stein, ein einziger,
Erhebt und stürzt ein ganzes Haus!

ATHENE: Die gleiche Stimmenzahl!
Orest ist frei!

OREST: Athene! Retterin des Atreus-Hauses!
Dem Verbannten gibst du seine Heimat wieder –
Und bald schon geht in Griechenland die Rede um:
»Der Mann aus Argos ist ins Vaterhaus zurückgekehrt,
Belehnt mit reichem Erbe durch Athene und Apollon
Und den dritten, höchsten Gott,
Den allvollendenden!«
Du, Zeus im Himmel, hast den Vater nie vergessen,
Du wußtest, daß du mich beschützen mußtest,
Als Klytaimestra ihre Meute rief...
Und halfst!

zu Athene

Ich aber, ehe ich nach Hause kehre,
Sage deinem Land und deinem Volk:
Nie wird Krieg sein zwischen uns und euch.
Nie wird ein Herrscher meines Lands
Euch überfallen.
Hört! Ich schwöre euch: Wenn sie meine Worte brechen,
Dann werde ich sie, aus dem Grab,
Mit schlimmen Leiden züchtigen,
Ihr Heer entmutigen
Und ihnen böse, unheilsvolle Vögel schicken.
Not auf Not gehäuft! Bis sie ein Ende machen
Und der Krieg sie reut.
Doch wenn sie, meinem Schwur getreu,
Athenes Stadt in Ehren halten
Und die Waffenbrüderschaft besiegeln:
Dann Segen über euch, ihr Kommenden!
Leb wohl, Athene,
Und, in vielen Kämpfen wohl geübt,
Dein Volk, das diese Stadt bewahrt.
Friede und Sieg mit euch!

Orest ab

CHOR: Io! Ihr jungen Götter!
Io! Die Schmerzen! Die Qualen!
Was soll ich tun?

Verhöhnt von den Bürgern!
Io! Die Schande! Der Schmerz!
Grausam traf es
Die Töchter der Nacht.
Niedergeritten
Habt ihr
Uralte Gesetze
Und mir,
Als ich fiel,
Das Recht aus den Händen gerissen!
Doch wartet, ihr Reiter,
Bis ich,
Zornschnaubend,
Leidvergeltendes Gift
Auf das Land hier verspritze,
Gift,
Aus dem Herzen geträufelt,
Gift,
Das Äcker unfruchtbar macht
Und auch die Frauen!
O großes Gift,
Aussatz,
Blättertötend am Baum!
Mein Strafgericht!
Es macht die Saaten und die Früchte dürr,
Läßt Krumen vernarben,
Frißt und frißt und frißt
Und wuchert fort,
Bis selbst die Menschen,
Ausgezehrt,
Die roten Flecken zeigen,
Wenn die Reiterin,
Wenn *meine* Reiterin: die Pest,
Das Land durchzieht.

ATHENE: Habt doch Vertrauen! Hört mich an:
Ihr seid nicht unterlegen. Nicht besiegt!
Die Waage ruhte: gleiche Stimmenzahl ist keine Schmach.
Zeus selbst, der Vater, hat entschieden,
Als er, verkündet und bezeugt durch Loxias,

Ein klares Zeichen gab: Orest sei frei, die Schuld getilgt.
Laßt euch besänftigen! Hört auf mit eurem Haß,
Der unser Land verfolgt.
Der Regen, der wie Gift ist und die Flur zerfrißt,
Die Pfeile wilden Hasses,
Deren Brand die Wälder lodern läßt und Saat verdörrt,
Die Wut, die sich mit breitem Mahlzahn in die Äcker frißt:
Laßt ab davon!
Besinnt euch, Frauen!
Ich sage euch, und das ist wahr: Auf hohen Thronen
Und geehrt von allem Volk werdet ihr sitzen,
In der Erde drunten, nah am Opferherd.
Nicht Gift und Mord: das Salböl, hell und glänzend,
Goldrauch, Wein und Opferfett wird euer sein.

CHOR: Io! Ihr jungen Götter!
Io! Die Schmerzen! Die Qualen!
Was soll ich tun?
Verhöhnt von den Bürgern!
Io! Die Schande! Der Schmerz!
Grausam traf es
Die Töchter der Nacht.
Niedergeritten
Habt ihr
Uralte Gesetze
Und mir,
Als ich fiel,
Das Recht aus den Händen gerissen!
Doch wartet, ihr Reiter,
Bis ich,
Zornschnaubend,
Leidvergeltendes Gift
Auf das Land hier verspritze,
Gift,
Aus dem Herzen geträufelt,
Gift,
Das Äcker unfruchtbar macht
Und auch die Frauen!
O großes Gift,
Aussatz,

Blättertötend am Baum!
Mein Strafgericht!
Es macht die Saaten und die Früchte dürr,
Läßt Krumen vernarben,
Frißt und frißt und frißt
Und wuchert fort,
Bis selbst die Menschen,
Ausgezehrt,
Die roten Flecken zeigen,
Wenn die Reiterin,
Wenn *meine* Reiterin: die Pest
Das Land durchzieht.

ATHENE: Ihr sollt nicht zürnen, Frauen, nicht das Land verfluchen.
Hier, Göttinnen... hier wohnen Menschen:
Und sie stürben, hätten sie kein Feld, das sie ernähren kann.
Ich bin das Kind des Zeus, vergeßt das nicht,
Und hab als einzige den Schlüssel zum Gemach,
Darin der helle Strahl verborgen ist:
Der Blitz, der jeden töten kann – auch euch!
Genug davon: Laßt uns einander nicht bedrohn.
Hört auf, mit leerer Rede Saat und Feld
Ein Fluchwort zuzurufen, das sie dürr sein läßt.
Besänftigt ihn, den dunklen Sturm,
Der eure Seele peitscht.

zur Chorführerin

Mit mir vereint, ganz nah bei meinem Tempelhaus
Wirst du in hohen Ehren sein,
Und alle Bürger werden dir am Hochzeitsfest und am Geburtstag
Erstlingsgaben bringen,
Die schönsten Früchte oben auf dem Korb,
Und werden rufen: »Glück den Kindern! Glück für Mann und Frau!«
Und dann wirst du mich preisen
Und wirst sagen:
Sie, Athene, hat's vorausgesagt!

CHOR: Ich... wehe!
Ich... das erdulden!
Weisheit und Alter... verhöhnt.
Ehrlos... unter die Erde verbannt!

Im Abgrund
Läßt man mich hausen.
Io! Was bricht da empor,
Zerreißt mir den Leib!
Mutter, spür meinen Zorn,
Nacht, spür die schnaubende Wut
Deiner Kinder!
Mit tückischem Griff
Haben die Götter
Mir meine Ehre genommen.
Und hatte sie seit Anbeginn der Welt
Und bin nun gar nichts mehr.

ATHENE: Den Zorn verzeih ich dir: du bist die Ältere
Und weißt von vielem, das die Frau nicht kennt,
Die weniger erfahren ist als du.
Jedoch: Auch mir hat Zeus Vernunft gegeben,
Einsicht und klaren Sinn,
Und darum weiß ich,
Daß ihr euch nach unserm Lande sehnen werdet
Aus der Ferne,
Wenn ihr fortgezogen seid.
Denn eine neue Zeit bricht an,
Und großer Ruhm strömt auf uns zu
Und trägt, mit hoher Woge, unser Volk empor.
Bald wird der fromme Zug,
Die Männer und die Frauen und die ganze Stadt,
Dir unter Festgesängen und bei frommen Opfern, Ehren geben,
Die kein zweites Volk gewähren kann.
Komm, wirf den Wetzstein fort,
Den scharfen Fels,
Der, in das Land geschleudert,
Aufruhr bringt,
Die Fehdelust der Jugend reizt
Und – schlimmer als der Rausch des Weins – den Sinn verstört:
Der rote Wetzstein,
Der die junge Mannschaft wie die Hähne miteinander kämpfen läßt.
Verbann den Streit aus unserm Land,
Den Bruderkampf in dieser Stadt:
Der Krieg – wie leicht wird er entfacht! –,

Er bleibe *draußen*, vor den Toren,
Dort ist Platz genug für einen,
Der sich Ruhm gewinnen will.
Den Streit jedoch,
Den Kampf der Hähne, will ich nicht.
Bringt uns den Frieden, Frauen,
Nehmt die Ehre an: das Hohe Amt.
Tut Gutes – und empfangt es auch!
Seid Bürgerinnen dieses Landes,
Das die Götter ehren
Wie kein anderes.

CHOR: Ich... wehe!
Ich... das erdulden!
Ehre und Alter... verhöhnt!
Im Abgrund
Läßt man mich hausen!
Io! Was bricht da empor,
Zerreißt mir den Leib!
Mutter, spür meinen Zorn!
Nacht, spür die schnaubende Wut
Deiner Kinder!
Mit tückischem Griff
Haben die Götter
Mir meine Würde genommen.
Und hatte sie von Anbeginn der Welt.
Und bin nun gar nichts mehr.

ATHENE: Ich aber laß nicht ab, dir zuzureden.
Niemals sollst du sagen müssen:
»Ich, die alte Göttin,
Bin von einer Jüngeren
Und einem dreisten Volk
– Ehrlos und heimatlos! –
Vertrieben worden.«
Wenn dir die sanfte Macht der Überredung nicht verächtlich ist,
Die Anmut der Gedanken und die Zauberkraft des Worts:
Dann wirst du bleiben.
Wenn du aber gehen willst,
Dann zieh in Frieden
Und bedenk: Es wäre nicht gerecht,

Dem Land und seinem Volk
Mit blinder Wut zu schaden
Und ihm Leiden zuzuwägen,
Die ein roher Zorn ersonnen hat.
Es stand dir frei, vergiß das nicht,
Mit andern Bürgern den Besitz des Lands zu teilen!

CHORFÜHRERIN: Herrin Athene! Wo – sagst du – wird meine Heimat sein?

ATHENE: An einem Ort, der nichts von Sorgen weiß –
Dem Haus des Friedens. Nimm es an!

CHORFÜHRERIN: Und *wenn* ich's täte: welche Ehre gibst du mir?

ATHENE: Daß ohne dich kein Haus gedeiht.

CHORFÜHRERIN: So große Macht für mich?

ATHENE: Ich werde jeden schützen, der dich ehrt.

CHORFÜHRERIN: Für alle Zeiten? Das versprichst du mir?

ATHENE *(leise)*:
Ja. Was ich sage, gilt. Wenn du mir doch vertrauen wolltest!

CHORFÜHRERIN: Wie sanft das Wort auf einmal klingt! Mein Zorn wird klein.

ATHENE *(auf die Chorführerin zugehend)*:
Komm! Du wirst Freunde haben hier im Land.

CHORFÜHRERIN: Und ich werd Segen bringen, sagst du? Ja?
Dann sprich das Lied vor,
Das ich singen soll!

ATHENE *(vor dem Chor)*:
Segne das Gute, das den Streit vergessen läßt!
Den Sieg des Friedens segne
Und den Wind,
Der von den Bergen und vom Meer her
Und vom Himmel kommt
Und sanft, wie eine zarte Sonne,
Unser Land berührt.
Segne die Saaten und das hohe Korn,
Segne das Kind im Mutterschoß.
Die Frevler aber strafe! Töte sie!
Als Gärtner müssen wir besorgt sein,
Daß kein Unkraut unter Blumen wächst;
Denn was gedeihen soll,
Das will behütet sein.

Schütz dieses Volk,
Wenn ich, sobald der Kampf beginnt und Ares vor den Toren schreit,
Dem Land und seinen Bürgern Ruhm gewinnen werde:
Ruhm, der dieser sieggewohnten Stadt
Vor aller Welt gebührt!

CHOR: An Pallas' Seite,
Bürgerin unter Bürgern,
Will ich die Stadt
In Ehren halten,
Die Zeus, der Vater im Himmel
Und der gewaltige Ares bewohnen:
Burg aller Götter!
Kleinod des Landes!
Schutz der Altäre!
Sei mir gesegnet, du Stadt:
Athen,
Du hohes Bild von Griechenland!
Glanz des Glücks und der leuchtenden Sonne:
Ströme herrlicher Gaben,
Den Reichtum des Landes,
Laß du der Erde entquellen.

ATHENE: Gutes hab ich getan,
Fürsorglich, Volk,
Bin ich gewesen,
Als ich die Zürnenden aufnahm;
In ihre Hand
Ist es gelegt,
Ob es euch wohlergeht,
Ihr Sterblichen.
Doch wen sie verfolgen:
Nie wird der erfahren
Woher ihm,
Schlag auf Schlag,
Sein Glück zertrümmert worden ist.
Der Frevel des Vaters
Zieht den Sohn vor Gericht
Und stumm geht,
Wer prahlte und schrie,

Im Zornsturm zugrunde.
Zermalmt vom Verderben
Wird er
Zu Staub.

CHOR: Hör, Volk von Athen,
Was ich dir schenke:
Nie,
Das ist mein Gebet,
Möge der Sturm
Die Bäume verwüsten,
Die Pinie und den Olivenhain,
Nie sollen die Augen der Blumen
Im Gluthauch erblinden.
Brand, kehre um!
Feuer, laß ab,
Bevor du die Grenzen des Lands
Überschreitest.
Und auch die Seuche,
Der Mehltau,
Beschleiche niemals das Feld
Und verderbe den Baum.
Unberührt von Krankheit und Tod
Beschenke, Gaia,
Wenn die Zeit des Wurfs gekommen ist,
Die Schafe mit den Zwillingslämmern,
Der zwiefachen Frucht,
Und aus der Erde komme
– Glanzschimmerndes Silber! –
Gottgeschenkter Reichtum
Zutag.

ATHENE: Habt ihr gehört, Hüter der Stadt,
Ihr Richter dieses Hohen Rats,
Was sie dem Land gewähren wollen –
Groß! Groß ist die Macht der Erinys!
Groß im Kreis der unsterblichen Götter!
Groß im Totenreich unter der Erde!
Groß bei den Menschen!
Alles bringt sie zum Ziel.
Ein jeder ist Zeuge,

Der eine im festlichen Zug,
Der zweite mit tränenumschattetem Auge.
CHOR: Wehren will ich dem Tod,
Der – allzu früh! –
Zur Unzeit die Männer bedroht.
Die Mädchen aber
Mögen die Moiren,
Die erhabenen Schwestern der Mutter,
Zur Ehe geleiten:
Sie, die am höchsten geehrt sind
Unter den Göttern.
Denn sie haben Gewalt über alles
Und wahren das Recht
Und werfen das Los:
Diesem Haus Gastfreund,
Jenem Haus Feind,
Wie es,
Gehütet von ihnen,
Den uralten Frauen,
Das Schicksal bestimmt.
ATHENE: Nun,
O großes Glück!,
Ist in Erfüllung gegangen,
Was ich mir wünschte,
Und ich freue mich
Und preise Peithos leuchtendes Auge.
O Schmeichelblick du!
Verführungskunst,
Die mir die Lippe und die Zunge lenkte
Und mir Worte gab, die euch besänftigten.
So hat es Zeus gewollt:
Er, der Vernunft und kluge Rede schützt,
Entschied den Zwist,
Der *Kampf* war und als
Streit ums Gute endete,
Und ließ den Frieden siegen.
CHOR: Nie wieder
– Hört mein Gebet! –
Nie wieder

Soll Aufruhr
Diese Stadt durchtoben:
Nie der mordbespritzte Nimmersatt,
Der Bürgerkrieg,
Die Männer aufeinanderhetzen.
Wutberauscht,
Totschlag und Rache, Rache, Totschlag,
Fort und fort und fort,
Bis eines Tags die ganze Stadt
Ein Totenhaus ist.
Freude sollt ihr tauschen, ihr Bürger, nicht Blut,
Und sollt gemeinsam handeln:
Einen Sinns!
Vereint in Liebe – und im Haß!
Nur Einigkeit beschützt die Stadt
Und wehrt der Not.

ATHENE: Gutes bedenkend, Frauen,
Habt ihr gute Worte gefunden,
Vernunft ließ euch
Vernünftiges sagen.
Aus dunklen Augen
Leuchtet Segen
Und reicher Gewinn
Für unsere Stadt.

zu den Bürgern

Seid der Freundlichen freundlich!
Erweist ihr die Ehre,
Die sie verdient,
Und ehrt damit euch selbst
Und zeigt,
Daß diese Stadt
Den graden Weg des Rechts
Niemals verlassen wird.

CHOR: Lebt wohl! Und Segen über dich,
Volk von Athen,
Und freue dich
Am Reichtum deines Glücks.
Du: nah beim höchsten Gott und seinem großen Tempelhaus,
Der lieben Jungfrau liebstes Kind,

Von ihrem weiten Flügelschlag beschützt,
Bist du,
Gerecht und klug im Gang der Zeit,
Erhöht vor Zeus.
Schwingen der Tochter,
Blitze des Vaters
Mögen dich schützen!

ATHENE *(an der Spitze des Festzugs)*:
Lebt wohl, ihr Frauen!
Freude und Segen auch mit euch!
Als erste schreite ich dem Zug voran
Und zeige euch,
Bei Fackelschein,
In frommem Geleite
Den Thronsaal
Tief im Dunkel,
Wo ihr wohnen werdet.
Kommt, Frauen, reiht euch ein,
In den Zug heiliger Opfer:
Hinab in die Nacht!
Und haltet fern, was Unheil bringt,
Und schenkt, was Segen schafft,
Dem Volk.

zu den Priesterinnen

Ihr aber, Kranaos' Kinder,
Nachfahrn des Gründers dieser Burg,
Nehmt diese Fraun in treue Hut.
Geleitet sie, die bei uns wohnen werden,
In ihr Haus: den Hort des Guten,
Dem sich nur der Gute nähern darf.

CHOR: Freude mit euch! Noch einmal: Freude und Glück!
Für Menschen und Götter in dieser Stadt!
Mitbürger, ihr in Pallas' Haus,
Hört meinen Ruf: Glück für euch alle,
Die ihr uns ehrt!

Der Festzug versammelt sich.

ATHENE: Friede und Glück für euch!
Und Dank für euren Segensgruß!
Im Fackelglanz und hellen Feuerschein

Geleit ich dich,
Zusammen mit den Priesterinnen,
Die mein Bild behüten,
Ins Totenhaus –
Deine Heimat,
Die du nie verlassen wirst.
O heller Glanz – du Auge dieses Landes!

zur Chorführerin, als der Stellvertreterin des Chors

Frau! Wie schön du bist!
Wie anders jetzt!
Und hier – schaut hin!
Der Festzug!
Mädchen! Mütter! Greisinnen:
Ein Purpurzug im Fackellicht,
Der euch für alle Zeit umgeben wird.
Nun singt und laßt die Feuer brennen!
Tanzt den Fackeltanz!

zu den Erinyen

Ihr aber, seid uns gnädig, Göttinnen,
Und gebt dem Land und seinen Bürgern
Eine reiche Saat
Und, dies zuletzt,
Bewahrt uns eure Huld:
Den guten Sinn,
Der Gutes wirkt
Und euch den Namen *Eumeniden* geben soll!

CHOR DER PRIESTERINNEN: Schreitet
In frommem Geleite,
Hochheilige kindlose Kinder der Nacht.
Schweigt alle! Neigt euer Haupt!

Im Dunkel der Erde, in uralten Klüften
Sind Ehre und Opfer,
Sind reichliche Gaben bereitet.
Schweigt alle! Neigt euer Haupt!

Versöhnt mit den Bürgern hütet die Eintracht.
Freut euch der Fackeln, der leuchtenden Brände:
Sie weisen den Weg.
Jubelt, alle! Und singt!

Bürgerin unter den Bürgern,
Bewahrst du den Frieden.
So hat es der Vater: so Moira gewollt.
Jubelt alle und singt!
Stimmt den Festgesang an!

Nachwort

Wie rede ich dich an, Tuch,
Vorsichtig und doch genau?
Bist du ein Fangnetz für das Raubtier?
Oder Totenhemd? Ein Bahrtuch?
Weit und lang: das bleiche Segel eines Katafalks?
Wie? Oder bist du eine Falle?
Ja! Eine Falle bist du,
Bist ein Netz, mit dem man Menschen fängt.

Ein Mann redet mit einem Stück Tuch. Orest spricht auf das Gewand ein, in das Klytaimestra den heimgekehrten Agamemnon einhüllte, den Wehrlosen im Bad, damit Aigisth leichtes Spiel hätte. In immer neuen Anläufen beschwört der Sohn das Mordwerkzeug, mit dessen Hilfe seine Mutter das zum Tod bestimmte Opfer unschädlich machte: *sie* lockte ihren Mann in die Wanne, *sie* warf, als ob sie den lang Entbehrten liebkosen wollte, das Tuch über ihn, *sie* ließ das halb erdrosselte Tier zappeln; *er*, ihr Freund, brauchte nur noch zuzustechen.

Fangnetz, *Falle*, *Totenhemd*, *Bahrtuch*, *Mordgarn*, *Blutlinnen:* wie ein Besessener, wortwütig, wendet sich Orest an das Stück Tuch, das für ihn den Charakter eines Kronzeugen hat: »Der Blutfleck – schaut! –: sehr deutlich noch zu sehn, der läßt die Jahre sichtbar werden, die vergangen sind. Farbe und Zeit: sie stimmen überein. Es ist schon lange her – und ist doch Hier und Jetzt.«

Ein Mann mit einem jener deckenartigen Gewandstücke in der Hand, über die Agamemnon, von Klytaimestra verführt, ins Haus hineinschritt (mit einem ungefärbten freilich): Man kann sich die Szene nicht realistisch genug ausmalen. Kein angedeutetes Tuch also, ein heller Lichtfleck, wie im modernen Theater, sondern ein großes in der Luft herumgeschwungenes Laken – ein linnenes Fang-

netz mit einem abgeblaßten Blutfleck in der Mitte. Wie ein Fahnenträger, der auf sein Tuch einredet und auf Antwort wartet, steht Orest auf der Bühne: Die »Orestie«, 458 v. Chr. in Szene gesetzt, will als Regiebuch und nicht als Lesedrama, als Theaterstück und nicht als museales Bildungsgut interpretiert sein. Hier wird mit hell und dunkel, Nacht und Fackelschein (die Trilogie beginnt und endet mit einer Licht-Vision), mit Dämmerung und Mittagsglanz gespielt. Requisiten, das Mordtuch, die Stimmsteine, die rote Kleiderzunge vor dem Palast, haben die Bedeutung von Mit-Akteuren. Priesterbinde und Stab, der Wagen, auf dem Kassandra hockt oder die Sandalen, die Agamemnon mit einer Geste der Demut löst, ehe die Türen sich öffnen: Noch das winzigste Detail ist eingebunden ins dramatische Spiel. Eins verweist aufs andere – der Palast auf den Totenhügel, der Totenhügel aufs Heiligtum. Die sinnliche Präsenz des Nächsten (die Seitenpforte, aus der Klytaimestra kommt: Orest hatte erwartet, Aigisth werde ihm aus dem Haupttor entgegentreten!): Das ist das eine, was bei der Lektüre der »Orestie« nie aus dem Blick geraten darf. Jedes Requisit, vom Dachfirst, auf dem der Wächter Freudensprünge macht, bis zu den Schauergewändern und Schreckensmasken der Erinyen (im Theater anwesende Frauen sollen, so ein Bericht, bei deren Anblick eine Fehlgeburt bekommen haben)... jedes Requisit hat seine Funktion – und die Lokalität erst recht: Zur linken Seite, vom Betrachter aus gesehen, lag die Fremde, zur Rechten die Nähe.
Und nun das andere: die nicht minder exakte Präsentierung des Fernen durch das beschwörende Wort; das Herbeizitieren von hinterszenischen Vorgängen (Mord, Schlacht, Trinkgelage, Kinderfraß und Liebesakt: all das durfte auf der Bühne nicht gezeigt werden); die Evokation der handlungsbestimmenden Vergangenheit (Helenas Buhlerei, die Opferung Iphigenies, Kalchas' Prophetie); die bis zur Wortgrübelei zugespitzte Meditation über den Sinn des Geschehens (was und wie denkt Zeus?); die Bilder-Logik der großen Berichte über Himmlisches und Irdisches – über Meeresungeheuer, Zweikämpfe in der Götterwelt und Lichterscheinungen auf der Erde: nie wieder ist Geographie, im engen und im weiteren Sinne des Worts, so dramatisiert worden wie bei Aischylos.

Hephaistos war es, der den hellen Schein vom Ida warf,
Und die Stafettenpost, von Feuerbrand zu Feuerbrand, entzündete.
Vom Ida ging's zum Hermes-Stein auf Lemnos.

Dann nahm den Fackelglanz der Insel das Gebirge an,
Zeus' Heiligtum, der Athos, sprühte auf, so daß die Flammenwanderin
Das Meer durchschwamm: ein Sonnenglanz der Freude,
Der das Licht zur Klippe des Makistos trug.
Auch die besann sich nicht und warf, vom Schlummer unberührt,
Den Botenteil hinaus, damit der Brand in jähem Lauf
Die Wasser des Euripos überflöge und die Wächter auf Messapios erreichte.
Ein Bündel dürren Heidekrautes flammt' empor; das Feuer, neugestärkt,
Durchschoß, dem hellen Mondstrahl gleich, die Ebene Asops,
Gelangte zum Kithairon und erweckte einen neuen Brand,
Noch höher lodernd als zuvor, weit über den Gorgopis-See hinweg
Bis hin zum Aigos-Planktos-Fels. Dort schürten sie den Feuerball
Mit unverzagtem Herzen, und sie jagten ihn als einen roten Schweif
Über das Spiegelmeer hinweg zum Spinnenberg. Von da kam er
In dieses Haus: Das Kind des Ida war am Ziel.

Ein Bezugsspiel von Nahem und Fernem also, von Gezeigtem und Evoziertem, von Palast und trojanischer Ebene, von Athene-Heiligtum und argivischer Bündnermacht. Ein Bezugsspiel – Dialektik, nicht Antithetik! – auch von Tragischem und Komischem: Wie viel Witz mitten im schauerlichen Ernst! Da pfeift der Wächter vor sich hin, damit die Müdigkeit ihn nicht übermannt; da sorgt ein Gott, Apoll, dafür, daß ehrwürdige Greisinnen zuviel Alkohol zu sich nehmen (»Die alten Fraun! Und so betrunken!«), da redet Orests alte Amme (Plebejer und Greise lassen die Komik herein, die der Herrscher-Clan aussperren möchte) im Augenblick, wo die Mordtat geschehen soll, von Windeln und Säuglingsgeschrei.

Orest! Mein Sorgenkind, das mir die Mutter überließ
– Die Mutter! Wenn sie's war! –.
Und das ich aufzog unter vieler Müh!
Wie oft hat mir sein Schrein,
Das schrille Greinen in der Nacht,
Den Schlaf geraubt.
Wie viele Lasten nahm ich auf mich:
Ach, vergebens jetzt!
Denn wie ein kleines Tier

Muß man den Säugling nähren
Und – was hilft's – geduldig sein
Und ruhig, wenn er schreit
Und man ihn nicht versteht.
Er sagt nicht, wenn er hungrig oder durstig ist,
Oder die Windeln naßgemacht –
Der kleine Magen ist sein eigner Herr:
Man muß voraussehn, was er will.
Doch oft, du kannst mir's glauben,
Täuscht man sich –
Und muß die Windeln waschen.

Shakespeare im fünften vorchristlichen Jahrhundert: Miteinander von Weltweisheit und Burleske, von Theologie und grellem Theater-Spiel, von definitorischer Bildlichkeit und reißerischem Dialog. Hüben die Reißbrett-Konstruktion des Gesamt-Aufbaus (zwei Mörder, zwei Opfer, zwei Rächer, zwei Götter-Parteien: immer Mann und Frau miteinander konfrontiert) und drüben die Buntheit der Einzelszenen, in denen Figuren, die wie Schemen gebildet sind (Typen vom Schlag des Aigisth), porträtartigen, mit psychologischem Raffinement entworfenen Menschen begegnen: Klytaimestra voran. So blockartig-statisch die aischyleische Trilogie auf den ersten Blick wirkt (das nachfolgende Satyrspiel »Proteus« ist nicht erhalten), so umschwungreich, widersprüchlich, gegenläufig ist sie in Wahrheit. Immer auf der Kippe, auf des Messers Schneide: Im Augenblick des Siegs wird die Niederlage ausgemalt; der Triumph im Feld führt zur Verfluchung des Krieges (und das gleich dreimal!); einzig Gewisses in diesem Stück bleibt die Angst: Darum das unermüdliche Umkreisen scheinbar gesicherter Tatbestände, das Neubedenken und, kaum daß man zu einem Resultat gekommen ist, wieder Infragestellen. Ein winziger Traumfetzen genügt, um hinter der Schein-Ruhe neue Angst und Verzweiflung zu wecken.

Durchbohrend der Schrei,
Ihr Wehegesang!
Traumtief und hell,
Schlafmordend springt sie,
Die mitternächtliche Angst,
Mit gesträubtem Haar,
Tief aus dem Innern des Hauses,

Taumelnd ins Mägdegemach!
Und die Traumdeuter wissen Genaues
Und sagen: »Die Toten erheben sich
Gegen die Mörder.«

Gegensätze, wohin man auch blickt – Antagonismen, die im Widerstreit zwischen tragischem Spiel und dem von Heiterkeit und Rationalität getragenem Schluß ihren Höhepunkt finden: Das Dumpfe und Barbarisch-Ungeschlachte wird besiegt, das Chthonische eingemeindet, das Gefährlich-Übermäßige im Raum der Polis gebannt (das Drama schließt, ungeachtet aller Überhöhung, handfest politisch: neue Blutgerichtsbarkeit! Bündnistreue zwischen Argos und Athen!), das Widersetzliche, eine Spielstunde lang, durch die Anmut und Argumentationskraft der männlich denkenden Frau, ihr Kalkül, das mit der Charis verschwistert ist, zu höherer Einheit aufgehoben. Wenn etwas hegelianisch ist, dann der Schluß der »Orestie«.

Unter diesen Aspekten war es meine Aufgabe, an der Grenze von »Übersetzung« und »Nachdichtung« dem Drama seinen Rang als Theaterstück wiederzugeben: Darum die Wortwörtlichkeit vieler Passagen, darum auch die vielen Freiheiten – das Alternieren zwischen Jamben im Dialog und freien Rhythmen in den Chorpassagen, Jamben, die nicht zu Trimetern gebündelt und freien Rhythmen, die nicht in feste Responsions-Maße gezwängt wurden. Darum die Erweiterung mancher Verse, das dem Duktus des Stücks angemessene Umkreisen der Begriffe, deren Worthof dem Leser verdeutlicht werden muß; darum schließlich auch der – einzige! – Eingriff: Der ein Stück lang herumstehende, nahezu stumme Pylades wurde der Theater-Praxis geopfert. Im Übrigen habe ich darauf geachtet, die Dialektik des Dramas auch im Sprachlichen so deutlich wie möglich zu machen, also die bildgedanklichen, zwischen Gebet und Philosophem angesiedelten Passagen nicht zu glätten und, auf der anderen Seite, die kecken Umgangssprachlichkeiten, mit all ihren Anleihen bei der Diktion von Sport und Jurisprudenz (um nur dies zu nennen) nicht einzuebnen. Oberstes Gebot war: Sprechbarkeit eines Theaterstücks, das aus dem Lesesaal dahin zurückgeholt werden muß, wohin es gehört – auf die Bühne. Dort wollen jene Gegensätze ausgetragen sein, die das Stück, dieses Urbild eines Schauspiels, das zugleich ein Essay von 4000 Versen ist, auf den Begriff bringt:

Geht dahin, wo man Häupter köpft,
Die Augen ausbohrt, wo Gericht gehalten wird
Und wo die Schädelstätte ist,
Wo man die Kinder schändet,
Wo die Knaben nicht zu Männern werden können.
Wo Krüppel und Gehenkte wimmern
Und Gepfählte unter Qualen stöhnen.

So redet, im Schluß-Stück der Trilogie, ein Gott die Erynien an – und so spricht, ein paar hundert Verse später, eine Göttin zu den gleichen Frauen:

Segne das Gute, das den Streit vergessen läßt!
Den Sieg des Friedens segne
Und den Wind,
Der von den Bergen und vom Meer her
Und vom Himmel kommt
Und sanft, wie eine zarte Sonne,
Unser Land berührt.

Theatralische Dialektik in der Mitte des fünften vorchristlichen Jahrhunderts: ein erster Gipfel und zugleich der Schwanengesang für zweitausend Jahre.

Walter Jens: Werke

Prosa

Nein – die Welt der Angeklagten. Roman. Rowohlt Verlag, Hamburg 1950 (Taschenbuchausgabe 1953). Neuausgabe R. Piper & Co. Verlag, München 1965 (mit einem Nachwort »Nein – nach fünfzehn Jahren«)
Der Blinde. Erzählung. Rowohlt Verlag, Hamburg 1951. Neuausgabe R. Piper & Co. Verlag (Piper-Bücherei Band 197), München 1964
Vergessene Gesichter. Roman. Rowohlt Verlag, Hamburg 1952 (Taschenbuchausgabe 1958). Bearbeitung als Fernsehspiel: Erste Fassung 1953, zweite Fassung 1959
Der Mann, der nicht alt werden wollte. Roman. Rowohlt Verlag, Hamburg 1955. (Taschenbuchausgabe 1963)
Das Testament des Odysseus. Erzählung. Günther Neske Verlag, Pfullingen 1957
Die Götter sind sterblich. Tagebuch einer Griechenlandreise. Günther Neske Verlag, Pfullingen 1959. (Taschenbuchausgabe Deutscher Taschenbuch Verlag, München 1962)
Herr Meister. Dialog über einen Roman. R. Piper & Co. Verlag, München 1963. (Taschenbuchausgabe: Ullstein Bücher 3028)
Der Fall Judas. Kreuz Verlag, Stuttgart/Berlin 1975
Eine deutsche Universität. 500 Jahre Tübinger Gelehrtenrepublik. Kindler Verlag, München 1977
Jesus von Nazareth. Kreuz Verlag, Stuttgart/Berlin 1978
Zur Antike. Kindler Verlag, München 1978

Essays

Statt einer Literaturgeschichte. Günther Neske Verlag, Pfullingen 1957. 7. erweiterte Auflage 1978
Deutsche Literatur der Gegenwart. Themen, Stile, Tendenzen. R. Piper & Co. Verlag, München 1961. 4., durchgesehene Auflage 1962. (Taschenbuchausgabe: Deutscher Taschenbuch Verlag, München 1964)
Zueignungen. 12 literarische Porträts. R. Piper & Co. Verlag (Piper-Bücherei Band 178), München 1962. 2., erweiterte Auflage 1963
Von deutscher Rede. R. Piper & Co. Verlag, München 1969. (Taschenbuchausgabe: Deutscher Taschenbuch Verlag, Allgemeine Reihe 806)

Fernsehen – Themen und Tabus. R. Piper & Co. Verlag, München 1973 (Serie Piper 51)

Republikanische Reden. Kindler Verlag, München 1976

Wissenschaftliche Buchveröffentlichungen

Die Stichomythie in der frühen griechischen Tragödie. C. H. Beck'sche Verlagsbuchhandlung, München 1955
Hofmannsthal und die Griechen. Max Niemeyer Verlag, Tübingen 1955
Euripides – Büchner. Opuscula aus Wissenschaft und Dichtung, Nr. 21, Günther Neske Verlag, Pfullingen 1964
Bauformen der frühen griechischen Tragödie. Fink Verlag, München 1971

Hör- und Fernsehspiele

Ahasver. Erstsendung 1956 beim Hessischen Rundfunk (abgedruckt in: Hörwerke der Zeit. Hans Bredow Institut, Hamburg 1956, und in: Sechzehn deutsche Hörspiele. R. Piper & Co. Verlag, München 1962)
Die rote Rosa. Erstsendung 1966 beim Bayerischen Rundfunk
Die Verschwörung. Der tödliche Schlag. Fernsehspiele. R. Piper & Co. Verlag, München 1974. (Serie Piper 111)
Der Ausbruch. Libretto. Lothar Rotsch Verlag, Bebenhausen 1974

Übersetzungen, Bearbeitungen, Nacherzählungen

Ilias und Odyssee. Nacherzählung aus dem Griechischen. Otto Maier Verlag, Ravensburg 1958
Sophokles' Antigone. Bühnenmanuskript. Kurt Desch Verlag, München o. J. (Uraufführung Karlsruhe 1958)
Aischylos' Orestie. Bühnenmanuskript. Kurt Desch Verlag, München o. J. (Uraufführung Hannover 1962)
Sophokles' König Oedipus. Bühnenmanuskript. Kurt Desch Verlag, München o. J. (Uraufführung Celle 1963)
Sophokles' Ajas. Bühnenmanuskript. Kurt Desch Verlag, München o. J. (Uraufführung Hamburg 1965)
Am Anfang der Stall – am Ende der Galgen: Jesus von Nazareth. Kreuz Verlag, Stuttgart/Berlin 1972

Literatur über Walter Jens

Giovanni Necco, in: *I due volti della Germania*, Bari 1954
Franz R. Siebenmorgen. »Protokoll über Walter Jens«, in: *Deutsche Universitätszeitung*, H. 2, Göttingen 1956
E. Lambrecht, »Walter Jens. Ein Ringen mit dem Individuum«, in: *Studia Germanica*, Gent 1960
Harry Bergholz, Vorwort zur amerikanischen College-Ausgabe von *Der Blinde*, Henry Holt & Co., New York 1960

Numa F. Tetaz, in: *Revue de Belles Lettres*, Genf 1961
H. Brandt u. H. Richter, »Die ›Alternative‹ des Walter Jens«, in: *Neue deutsche Literatur*, 10, 1962, H. 5, S. 52–62
H. Emmel, »Das Selbstgericht: Thomas Mann, Walter Jens und Edzard Schaper, Günter Grass«, in: *H. E. Das Gericht in der deutschen Literatur des 20. Jahrhunderts*, München 1963, S. 82–119
Joachim Kaiser, »Walter Jens«, in: *Schriftsteller der Gegenwart. 53 Porträts*, hg. von K. Nonnemann, Olten 1963
Kurt Batt, »Herr Meister von Walter Jens«, in: *Neue deutsche Literatur*, 1964
Walter Jens. Eine Einführung, München 1965
(darin: Gottfried Just, »Walter Jens«, Originalbeitrag
Werner Weber. »Nein – Die Welt der Angeklagten; Der Blinde«, aus: *Neue Zürcher Zeitung*, 13. Januar 1952
René Lalou, »Der Mann, der nicht alt werden wollte«, aus: *Les Nouvelles Littéraires*, 31. Januar 1957. Übersetzung: Gudrun Schiller
Hans-Jürgen Baden, »Die Götter sind sterblich«, aus: *Hannoversche Allgemeine Zeitung*, 25. Juli 1959
Marcel Reich-Ranicki, »Deutsche Literatur der Gegenwart«, aus *Die Zeit*, 19. Mai 1961
Hans Mayer, »Herr Meister«, aus: *Die Zeit*, 22. November 1963)
Cornel Meder. *Walter Jens oder die Entwicklung eines Poeta doctus*. Diss. Luxemburg 1966
Gerhard F. Kramer, *Laudatio anläßlich der Verleihung des Lessing-Preises an Walter Jens*, Hamburg 1968
Gunter Reiß, »Nein – Die Welt der Angeklagten«, in: *Kindlers Literatur Lexikon*, Bd. V, Zürich 1969, S. 358/59
Jürgen Kolbe, »Walter Jens«, in: *Deutsche Literatur seit 1945 in Einzeldarstellungen*, hg. von D. Weber, Stuttgart 1970
Gottfried Just, »Versuch über Walter Jens«, in: G.J., *Reflexionen – zur deutschen Literatur der sechziger Jahre*, Pfullingen 1972
Peter Laemmle, »Von deutscher Rede«, in: *Kindlers Literatur Lexikon*, Ergänzungsband, Zürich 1974
Herbert Kraft, *Das literarische Werk vom Walter Jens*. Tübingen 1974 (mit ausführlicher Bibliographie)

Werke von Walter Jens erschienen in Übersetzungen in Frankreich, USA, England, Holland, Italien, Spanien, Japan, Argentinien, Tschechoslowakei, Polen, Ungarn.